水上博物館アケローンの夜
嘆きの川の渡し守

蒼 月 海 里

幻冬舎文庫

水上博物館アケローンの夜

嘆きの川の渡し守

その昔、ギリシャの人々は、
生者が住まう浮世と、
死者の行き場所である冥界の間に、
大きな川があると信じていた。
その川の名をステュクスといい、
支流の一つはアクローンといった。
嘆きの川アクローンでは、今日も渡し守が舟を漕ぐ。
境界を、彷徨うもの達の為に。

水音がする。

どうどうと激しい流れが、私を包み込むように響いている。

そうか。私は舟に乗っていたのだ。

「どうした、そんなに惚《ほ》けて。最愛の人を迎えに行くんじゃなかったのか？」

船頭が声を掛けてくれる。威厳のある男の声だ。

思い出した。死んでしまった愛《いと》しい人を取り戻すために、私は皆が恐れる冥界に入ったのだ。

吹きすさぶ風が冷たい。櫂《かい》に掻《か》き分けられる水の音は、誰かの嘆きのようにも聞こえた。

川を渡る者の嘆きか、愛しい人が川を渡ってしまったことへの嘆きか。それとも、私の嘆きか――。

「冴《さ》えない顔をしている」

船頭は無愛想かつ、無遠慮にそう言った。

「これから向かう場所を思うと、不安でね」と私は返す。

すると、船頭は目深にかぶっていたフードを少し持ち上げて、こう言った。

「それが、先ほど俺を魅了するほどの音色を奏でた者の台詞《せりふ》か。自信を持て。お前の才は、必ずやお前の力になる」

「そうだろうか」

「お前は、自分が紡いできた道を誇れ。その先の道も決めているのならば、胸を張って歩くほかない」

「そうか」

私は短く答える。すると、船が大きく揺れた。岸についたのだ。

「船賃を」と船頭が手を出す。「分かったよ」と私は銅貨を一枚手渡した。

「それともう一つ」と船頭が銅貨を懐に入れながら言った。

「既定の船賃では足りないかい？」と私は自分を奮い立たせるために、軽口を叩《たた》く。

「いいや」と船頭は首を横に振った。

「これは、俺の願いごとだ」

「願いごと？」

「必ず、帰ってこい」

船頭は、真《ま》っ直《す》ぐに私を見てそう言った。意外過ぎる台詞に、私はしばし、言葉を忘れて船頭を見つめていた。

「そして、また、あの音色を聞かせてくれ」

船頭の背後では、川が波打っている。まるで猛《たけ》り狂うようなそれは、私の旅路を暗示しているのか。

それでも船頭は、器に張った水のように、静かにこちらを見つめていた。

「お前の奏でる竪琴《たてごと》の音色が、忘れられないんだ。だから……」

「……分かった」

私は頷《うなず》く。踵《きびす》を返し、冥府の王のもとへと足を踏み出す。

そんな私の背中に、船頭は「無事で」と声を掛けてくれたのであった。

Contents

朧《おぼろ》

アケローンの渡し守。
浮世離れした美青年。
物静かで紳士的だが、
お金には細かい。

東雲《しののめ》出流《いずる》

悩める大学生一年生。
高校生のときに、クラシック
ギター部に所属していた。

人物紹介

イラスト／六七質

ケルベロス

東京国立博物館所蔵、
古墳時代の埴輪の犬。
人懐こく、よく走り回る。

二《に》階《かい》堂《どう》祐《ゆう》樹《き》

東京国立博物館の広報部に勤務。
いつもテンションが高く、
空回りしがち。

第一話

出流と水上博物館の邂逅《かいこう》

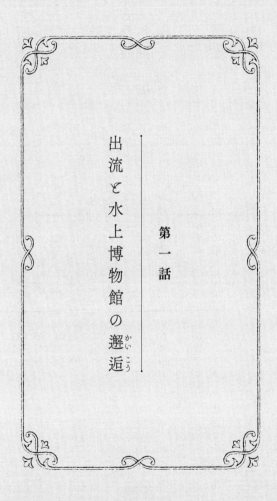

目の前には、埴輪《はにわ》がずらりと並んでいた。

古代人が生み出した文化の形跡を眺めながら、僕は深い溜息《ためいき》を吐《つ》く。

悲しいことや辛《つら》いことがあると、決まって博物館に来る癖があった。それで、今日もいつものように、大学からの帰路にある東京国立博物館に足を延ばしたのである。

閉館時間が迫っていることもあり、人はまばらだった。調べ物をしていたと思《おぼ》しき学生が、ノートを閉じて慌ただしく去っていくのを見送る。

しかし、僕はここから動く気はなかった。いっそのこと、自分も展示物の一つになれたら楽なのかもしれないとすら思う。

「あれっ？　調べ物？　手伝おうか」

展示物を遠目に眺めていた若い男性が、僕に気付いたのか歩み寄って来る。僕よりも背が少し高い彼は、律儀に膝を折って目線を合わせてくれるものの、妙にノリが軽い。

ワイシャツを着ているが、第一ボタンが外れていて、だいぶラフな姿だ。

博物館の職員だろうか。しかし、ここの職員がこんなにフレンドリーに話しかけて来たことはない。だが、職員じゃなければ不審者だ。

「もう少しで閉館だしね。課題か何かで調べ物があるなら、お兄さんが手伝っちゃうよ！」

声を潜めつつもそう意気込みながら、男性は胸を張る。お兄さんといっても、男性は二十代半ばかそこら辺だ。それに対して、僕は大学一年生なので、得意げになられるほど年の差はない。

「あ、いや、すいません。そういうのじゃなくて……」

「えっ、そうなんだ。それじゃあ、埴輪に興味が？　埴輪は面白いよね。円筒埴輪と形象埴輪、どっちが好き？　俺はやっぱ、形象埴輪かな。その中でも、お勧めは動物埴輪でね」と男性は顔を近づける。

僕は思わず、後退してしまった。

「ごめんなさい……。本当に、ぼんやりしてただけなんです……」

「そっか……。手助けは要らないんだね。ごめんね、邪魔をして」

男性は明らかに落胆する。「またやっちゃった」とぼやきつつ、すごすごと後退して去っていく。展示室の隅で椅子に座っていたスーツ姿のお姉さんから、何とも言えない視線を受けながら。

そうだ。本来ならば、調べ物をするために利用するような場所だ。それなのに僕は、こうして心を落ち着けるためにだけ来ている。

もし、調べ物という大義名分があるのならば、こんな風に一握りの罪悪感を抱きながら、ふらふらと回遊《かいゆう》することはないだろう。

再び、埴輪の軍団に視線を戻す。

眼窩《がんか》や口はぽっかりと空虚だけれど、丸みを帯びていて愛嬌《あいきょう》がある。武装している埴輪ですら、精々《せいぜい》、三、四頭身だ。犬と思しき埴輪は、脚が太くて全体的にずんぐりとしていて、それなのに、くるりと丸まった尻尾《しっぽ》はちゃんと再現されていた。

それぞれの埴輪に名前があり、役割がある。僕もこうやって、役割が決まっていたらいいのに。

「あっ……」

ふと、腰かけているような姿の埴輪に目が留まった。

埴輪が持っているのは、弦楽器だろうか。琴を弾いているようにも見える。

「うう……」

太い弦を眺めていると、込み上げて来るものがあった。僕はそれを必死に堪《こら》え、展示室から逃げるように立ち去る。

「何でこんなところにまで来て、思い出さなきゃいけないんだ……」

閉ざしていた蓋をこじ開けて這《は》い出して来た記憶を、無理矢理押し込める。

全て忘れよう。簀《す》巻《ま》きにして錘《おもり》をつけて、記憶の水底に沈めてしまおう。

自分にそう言い聞かせて、博物館の長い廊下を往《い》く。

木の床に足音が響く。壁の一角はガラス張りになっていて、外界の夕陽《ゆうひ》を静かに受け入れていた。

床に僕の影が落ちる。その影から逃れるように、足を速めた。

何処《どこ》にいても落ち着かない。何をしても満たされない。

いいや。何か特別なことをしているわけじゃない。寧《むし》ろ、迷ってばかりで、何もしていないんじゃないだろうか。

そう思うと、息苦しくなる。焦燥感のせいだろうか。

「ん……？」

ふと、足を止めた。

「今、犬の声が聞こえたような……？」

先ほどまでいた、平成館の方からだ。思わず振り向くが、犬の姿どころか、人の姿もない。盲導犬でもいたのだろうか。といっても、よく訓練された彼らが鳴いているところなんて、見たことがないけれど。

気の所為《せい》だと思い、再び足を本館へと向ける。だがその時、別の違和感に気付いた。

耳を澄ますが、妙な音は聞こえない。辺りを見回すが、特に変わったものは見当たらない。特別展の告知ポスターなんかが、壁に貼ってあるだけだ。

今度は、水音が聞こえたような気がしたのだが。

それも、雫《しずく》が滴《したた》るような音ではない。大量の水が流れるような音だ。けれど、館内には噴水も無ければ、当然、川も無い。

ついに幻聴まで始まったかと項垂《うなだ》れながら、再び歩き始める。

しばらく行くと、ミュージアムショップに辿《たど》り着いた。

広々とした空間に所狭しとグッズが置かれていて、突き当たりの壁面には、本がずらりと並んでいる。まだ何人かがショップで買い物をしていて、展示室にいた学生も、壁の本を眺めていた。

「また、今度でいいかな」

後ろ髪を引かれるものの、今はグッズを買うという気分ではない。

ミュージアムショップを通り抜けると、エントランスだ。高い天井と、二階に続く立派な階段と吹き抜け。そして、家路につく人々が僕を迎える――はずだった。

ざあぁぁっと耳鳴りがする。いいやこれは、先ほど聞こえた水音だ。

「どうして、水音が……？」

ちゃぷっ。

「へ？」

足元の違和感に、思わず声をあげる。

次の瞬間、目を疑った。

東京国立博物館のエントランスホールは広く、正面の入り口からは幅広の階段が延び、その踊り場の壁には凝った意匠の時計が掲げられていた。左右のステンドグラスには、神々しさと威厳すら感じる。

そんな階段から、今は水が流れていた。

それも、滴り落ちる程度ではない。川とも言えるほどの、大量の水が。

僕も、いつの間にか膝まで水に浸《つ》かっていた。

「ど、ど、ど、どうなってるの!?」

エントランスには誰もいない。

それどころか、全体的に暗かった。最初は照明が落ちてしまったのかと思ったが、階段の左右に佇《たたず》むアンティークなランプがぼんやりと周囲を照らしていたので、そうではないのだと分かった。

だが、階段の踊り場にあるステンドグラスは光を通しておらず、出入口の自動扉の向こうは、闇《やみ》で塗り潰されていた。

おかしい。まだ閉館時間ぎりぎりで、夕方のはずなのに。

ミュージアムショップの方を振り向く。

だが、誰もいなかった。客どころか、スタッフすらいない。しんと静まり返り、グッズだけが整然と並んでいる。床上浸水している中で。

「ちょっと、誰かー!」

だれかー、と声が反響する。返ってくるのは、自分の声だけだった。

有り得ない、と僕は思う。

だから、これは夢だ。その証拠に、膝の辺りまで水に浸かっているというのに、冷たいという感覚がない。

「ひとまず、目を覚まさないと」

出口から出ればいいんだろうか。

そう思って一歩踏み出すが、やけに足が重い。水を吸っている所為だろうか。それにしては、まとわりつかれるような感覚だ。

これは、本当に水だろうか。

疑念を胸に、一歩一歩、何とか進む。時間はかかってしまったが、自動扉の前に辿り着いた。

「開かない……だと……」

自動扉は開かない。足元を浸している水の所為か、それとも、夢の所為か。

ガラス戸の向こうは、夜だった。空は暗く、太陽の光は欠片《かけら》も窺《うかが》えない。そして、人の気配も無かった。

まるで、闇夜の世界にたった一人だけ、取り残されてしまったみたいだ。

そう思うと同時に、ぞっとする。

早くこの夢から目覚めなければ。

「くっ……」

ぎゅっと頬をつねる。だが、痛いだけで目が覚めない。では、目を閉じればどうだろう。何秒か目をつぶってみるものの、瞼《まぶた》を開けても何の変化も無かった。

なんだ、これ。どうすればいいんだ。

そうしているうちに、徐々に水かさが増していた。膝上くらいだった水面も、今は腰の辺りにまで迫っている。

まずい。

階段から怒濤《どとう》のごとく落ちてくる水を見やる。まるで滝だ。このままでは、僕が水の中に沈むのは時間の問題なのではないか。

しかし――。

徐々に迫る水面を眺める。濁流は茶色に濁り、今にも僕を捕えようとする。

「このまま沈んだ方が、いっそのこと、楽かもしれないな」

自然と、そんな言葉がこぼれた。

その瞬間である。水かさがぐんと増し、鉄砲水が飛び出したのは。

鉄砲水は、鷲摑《わしづか》みにでもするかのように、僕に向かって襲い掛かる。抵抗をしている余裕はなかった。気付いた時にはもう、水の中に取り込まれていた。

身体《からだ》がもみくちゃになる。息が出来ない。思わず両手で水をかくものの、あっという間に押し戻されてしまう。

このまま流されて、何処かの岸に辿り着くんだろうか。それとも、この流れの中を漂い続けるのだろうか。いずれにしても、僕は無事ではいられないだろう。

やけに冷静にそう思いながら、意識を手放そうとする。

だが、そんな僕の手を、摑むものがあった。

驚いている間もなく、ぐんっと引き寄せられる。すると、あっという間に、水の抵抗感が消え失《う》せた。

僕の身体は宙に放り出され、やがて、軽い衝撃とともに地に落ちる。

「間に合ったようだ」

若い男の声がした。倒れ伏していた僕は、何とか上体を持ち上げる。

手のひらに、固く湿った感触が伝わった。ごつごつしているけれど、金属の無機質な冷たさはない。これは、木だ。

ゆらゆらと揺れ動くのを感じ、舟の上にいるのだということを認識する。

「ぼ、僕は……」

「お前は、増水した嘆きの川で溺《おぼ》れる寸前だった。自らの悲嘆に、呑《の》み込まれるところだったんだ」

僕の質問に、淡々とした答えが返ってくる。その声の方を見やると、すらりとした礼服の青年が立っていた。

一瞬、絵から抜け出したのか、それとも彫刻がそこにあるのかと思ってしまった。それほどに青年は美しく、浮世《うきよ》離れしていた。

作り物のように整った容姿をしたこの人物は、僕と同じかそれ以上の年齢だろうか。雰囲気はやけに落ち着いていて大人びているのだが、陶器人形のように黒目がちな瞳が、やや童顔に見せている。

その貌《かお》で微笑《ほほえ》まれたら、女子は喜ぶだろうし、男の僕だって悪い気はしない。そんな嫌味のない美形だったが、表情はどちらかというと無であった。

しかし、それより気になることがある。男二人が乗っても尚、余裕があるこの舟の漕《こ》ぎ手は、目の前の青年だった。

黒い礼服のせいか、全体的に華奢《きゃしゃ》に見える。それなのに、櫂を持つ手は確かなもので、舟も実に安定していた。

「えっと……。どちら様、です……？」

「この国では、朧《おぼろ》と名乗っている。本当の名は忘れてしまった」

朧と名乗った青年は、自分のことだというのに素っ気なくそう言った。

記憶喪失ということだろうか。だが、それにしては、彼の表情はしっかりしているし、双眸《そうぼう》も力強い。確かな意思を感じた。

「お前の名は？」

問われて、ハッと我に返る。

「いっ、出流《いずる》です。東雲《しののめ》出流」

「イズル」

聞き慣れた自分の名前も、このミステリアスな青年が口にすると、また違った響きがあった。

「あの、何か……」

考え込むように沈黙する朧に、僕は恐る恐る声を掛ける。

「以前、お前と会ったことがあったか？」

「い、いいえ。お兄さんの夢を見たのは初めてですね……」

こんなにインパクトのある美青年が登場する夢なんて、生まれてこの方、見たことが無いはずだ。芸術作品のような容姿の青年が、礼服をきっちりとまとい、櫂を手にして力強く木舟を漕いでいるなんて、忘れようにも忘れられない図である。

朧はわずかに沈黙したものの、「そうか」と膝を折り、櫂を木舟の縁《へり》にかけた。

「ならば、この件は保留としよう」

何が保留になったのかは分からないが、繊細そうな見た目によらず、切り替えが早くてあっさりしていることは分かった。

「まずは、お前に状況説明をする必要性がありそうだな」

「どっちかというと、目が覚める方法を知りたいですね」

「最初に言っておくが、これは夢ではない。夢のような出来事だろうが、お前にとっては現実だ」

腰を下ろして僕と同じ目線になった朧は、顔色一つ変えずにそう言った。

「夢に登場する人は、決まってそう言うんですよ……」

これが現実のわけがない。先ほどまで埴輪をぼんやりと眺めていた博物館が、いきなりベネチアのように水に浸かっているなんて。

朧は、じっとこちらを見つめていた。反論するだろうか。それとも、夢ではないと怒られるだろうか。

僕は身構えていたものの、いずれの予想とも異なっていた。

「信じられないのならば、それでいい」

朧は淡々とそう言うと、傍らに載せていた金属質の塊《かたまり》へと向き合う。よく見れば、そこから白くて細い湯気が出ていた。

「それ、どっかで見たような……」

「茶釜だ」

「茶釜!?」

思わず、耳を疑った。

茶釜とは、「ぶんぶく茶釜」に登場するあの茶釜だろうか。言われてみれば、昔話の絵本にあった挿絵にそっくりだ。因《ちな》みに、茶釜の下でコンロのように火を焚いているのは風炉《ふろ》というのだと、朧は教えてくれた。

「頃合いだな」

朧は蓋を開けてそう言うと、舟の上に載せてあった麻袋から、白や黄色が混じったものを幾つか取り出す。目を凝らしてみれば、それは白い花だった。真ん中の黄色い塊は、おしべやめしべの類《たぐい》だろう。その形状には、見覚えがあった。

「確か、貧乏草だっけ……」

「カモミール」

朧は澄ました顔できっぱりと訂正した。

「和名はカミツレ。ハルジオンと同じキク科だが、別種だ」

ついでに、貧乏草の正式名称がハルジオンだということも教えてくれつつ、手にしたカモミールを茶釜の中に放り込む。

「えっ、茶釜にカモミール？」

「俺はこちらの方が馴染《なじ》みがある」

茶釜の方に馴染みがあるのか、カモミールの方に馴染みがあるのか。あまりにも意外な組み合わせを前に、尋ねることすら忘れていた。

それにしても、いよいよ怪しくなって来た。いきなり水浸しになった博物館に、いきなり現れた舟の漕ぎ手。そんな相手がいきなり出したお茶なんて、飲んでいいものだろうか。

しばらくすると、頃合いになったのか、朧は茶釜からお茶を掬《すく》い、茶碗に注《つ》いでくれる。ふんわりと、心地よいが、和の茶器には似合わない香りが漂った。

「うーん。地中海の香り……」

「地中海にいたことが？」と朧が顔を上げる。

「ち、違いますよ。遠い外国の匂いがするっていう意味ですって」

僕は慌てて否定する。「そうか」と朧は茶器に視線を戻し、二つの茶碗にカモミールティーを注ぎ終えた。

「飲め。少しは落ち着くはずだ」

ぐいっと差し出されたので、恐る恐る受け取る。

躊躇《ちゅうちょ》するものの、朧はこちらをじっと見ていた。あまり光を通さない、新月の夜空のような瞳に見つめられ、断る勇気が急速に削《そ》がれていくのを自覚した。

「い、いただきます」

これが夢ならば、どんなお茶を飲んでも大丈夫なはずだ。

そう自分に言い聞かせ、そっと口にする。息を吹きかけて冷ましながら、何とか一口だけ含んでみた。

「あっ……美味《おい》しい……」

　ふんわりと包み込むような香りと、何処か懐かしい風味に、僕は心が解きほぐされていくのを感じた。いつの間にか、二口、三口と飲んでいた。

「他にも何種類かハーブがあったんだが、お前にはそれが合うと思った」

　朧は、自分の分のお茶を飲みながら、そう言った。

「見ろ。増水していた嘆きの川が穏やかになっている。お前の心に平穏が戻った証拠だ」

　朧は眼下を顎で指す。確かに、濁流が穏やかになって透き通り、今は水底に床が見える。水位も、膝下くらいに下降しているように見えた。

「本当だ……。でも、嘆きの川って？」

「憎悪の川の支流。この国は、どちらかというと嘆きの川の方が本流になっているが」

「うん。全く分からない」

　朧はまるで詩人だ。言っていることがもう謎だ。

　でも、表情少なく淡々としている割には、冷たさは感じなかった。寧ろ、穏やかであり、詩を吟じているかのようだった。そんな浮世離れしたところも、夢ならではなんだろうか。

「えっと、僕の心が落ち着いて、この水が完全に引けば、晴れて目が覚めるのかな」

「嘆きの川の水を引かせるには、嘆きの原因を無くさなくてはいけない」

「嘆き」と思わず鸚鵡《おうむ》返しに尋ねてしまう。

「イズル。お前には嘆くだけの出来事があるはずだ」

朧はこちらを見つめる。僕は視線から逃れるように、お茶を啜《すす》る。

「そんなこと言っても、特別何かがあったわけじゃないんだけど……」

「この地にやって来た理由は？」

「それは――」

悲しいことや辛いことがあると、決まって博物館に来る癖がある。

その、悲しいことや辛いことが何だったのか、記憶の糸の端をそっとつまみ、慎重に手繰《たぐ》り寄せた。

「漠然とした不安に、押し潰されそうだったから」

「漠然とした不安」

今度は、朧が鸚鵡返しに尋ねる番だった。

「大学に入学して、カリキュラムを組んでたんだけどさ。高校の時と違って、意外と選択肢があって……。どうすべきか分からなくなって、それが無性に怖いことのような気がして、逃げるようにここに来たんだ」

いつの間にか、丁寧語ではなくなっていた。お茶で少し落ち着いたためだろうか。

朧の見た目は、僕とそれほど年が離れていないように見える。それに、ため口を利いても怒らないので、このままでもいいだろう。

「この地を選択した理由は？」と朧が静かに問う。

「博物館に所蔵されているものって、長い年月を経てここにあるわけじゃないか。だから、そんな彼らの歩んできた道に比べたら、自分の悩みなんてちっぽけなものに見えてさ」

「古い文明に触れることで、気を紛らわせることが出来る」

「そういうことかな。そんな、大層なものじゃない気もするけれど」

ただの逃避だということは分かっている。その証拠に、自然と自嘲《じちょう》の笑みがこぼれた。

「イズル」

朧の声とともに、ずいっと何かが差し出される。反射的に受け取るが、それはコンパクトでお洒落《しゃれ》な絵が描かれた缶だった。蓋を開けると、中に包みが入っている。ビニール越しの感触からして、ゴーフルだろうか。

「えっと、これは……」

「食べろ」とだけ朧は言った。

「は、はい」

気圧《けお》されるように、袋を破いてゴーフルを一口含む。餌付けされているような気分だ。

でも、ゴーフルはサクッと心地よい歯ごたえで、挟まれたクリームも上品な甘さだった。

お茶とあわせて、ホッと一息つける美味しさだ。思わず安堵《あんど》の息を漏らしてしまう。

それを見ていた朧は、唐突に櫂を手にしたかと思うと、立ち上がった。

「行こう」

「ど、どちらへ？」

「展示室の中へ。嘆きの川も落ち着いた頃合いだ。皆もお前を迎えるだろう」

「皆？」

僕は首を傾《かし》げるが、朧はゆっくりと舟を漕ぎ始める。

水は先ほどよりも落ち着いているものの、やはりわずかに波打っている。それでも、木舟はほとんど揺れない。朧の技術は実に巧みだった。

一体、彼は何者なんだろうか。

表情が読めない。何を考えているのかが分からない。朧は不思議だらけの人物だった。

そして、僕はどうなるのだろうか。

博物館はまるで夜のように暗く、わずかな照明だけがぼんやりと辺りを照らしている。

水面に映った光が、遥《はる》か遠くにある天井をきらきらと輝かせている。

何だか、不思議な雰囲気だ。

水面や天井に反射した光は、瞬く星のようだった。

もし、これが夢ならば、もう少し浸っていてもいいかもしれない。

嘆きの川やら何やらという話はさて置き、僕は舟の上に腰を落ち着ける。受け入れてしまえば、船上は驚くほど快適で、水の気配が心地よかった。

僕を乗せた舟は、展示室の中へと入る。

僕らを迎えたのは、ガラスケースに入った仏像だった。ここでは、日本の彫刻を展示しているらしい。その展示室もまた浸水し、川というよりも水路のようになっていた。

「本当に、ベネチアみたいだな……」

イタリアの水上都市に思いを馳《は》せる。あそこもこうやって、舟で水路を移動していたはずだ。

少し進むと、水路が大きく開けていた。左右には剝《む》き出しの仏像が並んでいる。その突き当たりには、金色の千手観音《せんじゅかんのん》像が聳《そび》えていた。照明を受けて静かに佇む、三体の千手観音。その姿は、実に神々しい。

そのすぐ隣には、次の展示室に繋《つな》がる出入口がある。朧の舟はそれを目指していた。

「うわ……」

黒い支柱に取り付けられた照明が、仏像を厳《おごそ》かに照らし出す。揺れ動く水面の上に鎮座する如来《にょらい》像は、黒い台座の上にあるにもかかわらず、蓮《はす》の花の上にでも載っているかのようだ。

「これは、主に木で造られている」と朧は教えてくれた。

「それにしては、すごい重厚感……」

「彫った者の想いや、信仰の深さがそう見せているのだろう」

「信仰の深さ、かぁ……。確かに、日本人の遺伝子にはしっかりと刻まれていそう」

仏教徒でない僕も、畏敬の念を抱くほどだ。

「確かに、この国には馴染みがある宗教だろう。しかし、像として彫られた彼らは元々インドから来たものだ」

「あっ、そうなんだ」

朧は、菩薩《ぼさつ》像に視線をやると、こう言った。

「仏教は紀元前五世紀頃のインドにて、釈迦《シャカ》族のゴータマ・シッダルタが悟りを開き、教えを広めたそうだ。あの像のまとう装束《しょうぞく》などは、古代インドの貴族の服装がもとになっている」

僕もつられて、菩薩像を見やる。

確かに、長い髪を結い上げ、身体に布を巻き付けたような姿は、あまり日本人らしくない。

舟はゆっくりと進む。威厳のある仏像に囲まれて落ち着かない僕に対して、朧は平然としていた。

「因みに、僕を迎えるって、この方々でしょうか……」

思わず敬語になる。心を落ち着かせるためにカモミールティーを啜るが、味を感じない。

「いや」と朧が櫂を動かしながら答えた。

『ちんたらしていて、食われちまっては敵《かな》わねぇぞ』

「そうそう。阿吽《あうん》の仁王《におう》像がいきなり僕をペロリだなんてなったら――」

相槌《あいづち》を打ちかけるが、声のした方へと慌てて視線をやる。朧の声ではなかった。

見ると、水の中から木舟の縁に、何かが這い上がっていた。赤と白の錦鯉《にしきごい》かと思ったが、それにしてはフォルムが丸過ぎる。

そいつは胸鰭《むなびれ》を腕のように使って、よいしょよいしょと舟の上によじ登った。それも、一匹ではない。小さい魚が二匹ばかり続いている。

「お、朧さぁん！」

「どうした」と朧は相変わらず落ち着き払った様子で答える。

「なんかいる！」

「金魚だ」

朧はあっさりと答える。

なるほど。確かに金魚だ。だいぶ魚っぽいというか、原始的なシルエットだ。和金《わきん》という種類だろうか。

「いやいや、金魚は喋《しゃべ》らないから！」

『なんだい。金魚が喋っちゃいけないのか』

縁によじ登った金魚は、べしゃりと湿った音を立てて舟の中に着地した。よく見れば、煙管《キセル》なんか手にしている。

「ふ、普通は喋らないし……」

『だったら、普通じゃなきゃ、喋ってもいいはずだろうが。ちっちぇえケチをつけんなよ』

生まれて初めてだ。金魚に文句を言われた挙句、睨《にら》まれたのは。

その背後から、一回り小さな金魚が二匹、同じように舟の上に降り立った。後に続いて、尻尾を残した小さな蛙と、幼子を背負った亀もやって来た。

『おやおや。陸地かと思ったら、船頭さんの舟かい』と金魚はぐるりと見回す。

小さな蛙は、ぺたぺたと前脚を使って木の上を這う。おたまじゃくしの尻尾がまだくっついたままで、しかも、後ろ脚がまだ生えていない。

「あ、あなたは、水に入った方がよろしいのでは……」

僕は思わずそう言ってしまう。

『いいんだよ、こいつは』と煙管を持った金魚が言った。

『顔はもう立派な蛙だ。しばらくの間は、我慢できるだろ』

「そういう問題では……」

抗議したいことは山ほどあったが、後が面倒くさそうだ。僕はひとまず、反論するのをやめた。

「それにしても、何てハチャメチャな夢なんだ……。どうして、金魚や蛙が喋ってるんだよ」

「亀を忘れている」と朧。彼の足元で、亀の親子がぴょこんと前脚を上げて自己主張していた。

「どんな種類がいるかはどうでもいいんだよ……。何でこんな組合せなのかってことだよ。まるで、昔の家庭でペットにでもしていたかのような――」

「『金魚づくし』」

「え？」

朧の唐突な言葉に、思わず目を瞬かせる。

「江戸時代の絵師、歌川国芳《うたがわくによし》の作品だ。この博物館が所蔵している。彼らはそこから現れた」

歌川国芳の作品から現れた。

さも当然のように、意味の分からないことを言ってくれた。

『船頭さん。こいつ、信じてないぜ』

大きな金魚は、僕の足元を煙管の底で叩く。

「疑《うたぐ》り深い性格のようだ。必要以上に騒がない分、適応力は低くはないが、呑み込みが悪い」と朧は真顔で言った。

『なるほどね。見た目は悪くねぇんだが、頭が悪いんだな』と、金魚は胸鰭を腕みたいに組んでそう言った。

「否定は出来ないな」

「否定してよ！　お願いしますよ！」

僕は、勝手に話を進める二者の間に割り込む。

「否定する要素が無い」と、朧は不思議そうな顔をして言った。僕に抗議されるのは心外ということか。

「あー、分かりましたよ。ここは夢じゃなくて、嘆きの川とやらなんでしょ？　んで、嘆きの川の水を引かせるには、嘆きを無くさなくてはいけない。だから、僕が嘆くのをやめなくちゃいけない。だけど、何に嘆いていたのかが曖昧《あいまい》だ。そういうことでしょ!?」

一気にまくし立てたせいで、息が上がる。金魚も亀も蛙も、僕に気圧されたようにぽかんと口を開けていた。

唯一、朧だけは静かな表情のままだったが。

「状況を要約出来たな。頭のことは、六割は否定しよう」

朧は無表情のまま拍手をする。本当に褒めているのか皮肉なのか、サッパリ分からない。

「後の四割を否定して貰《もら》うには、どうすればいい？」

「これからの状況次第だ」

朧は、櫂を漕ぐ手を少しだけ緩める。

「状況を受け入れる気になったようだから、改めて説明しよう。ここは、お前がいた博物館ではない」

「いきなりみんながいなくなって、博物館が水浸しになったわけじゃないのか。でも、それなら僕がいきなり移動したということ？」

「話の腰を折るから、一割を肯定しよう」

「すいませんね！　結論を急ぎたがる阿呆《あほう》で！」

頭が悪いということが五割否定され、五割肯定されるとなると、まあまあ頭が悪いという評価なんだろうか。

勉強は得意なわけではないが、特別出来ないわけじゃないし、そもそも、頭が悪いと面と向かって言われたことが無いので、甚《はなは》だ心外だ。しかし、これ以上、彼らにとって頭が悪い人間になりたくなかったので、大人しく口を噤《つぐ》む。

「お前は境界《きょうかい》に迷い込んだ。客観的に見れば、神隠しに遭ったという状況だな」

つまり、博物館からいきなり消えたということか。だが、瞬間移動ともまた、違うニュアンスなんだろう。

「浮世――つまりは、お前達のような生者の世界の隣には、常に死者の世界――常世《とこよ》がある。その間が、この境界だ」

「生者の世界と死者の世界の間にあるって、それじゃあ、まるで……」

黙っているつもりだったのに、つい、口を開いてしまった。朧が死者の世界なんていう、不気味なことを言うからだ。

「三途《さんず》の川、みたいなものか……」

舟の上から、川の様子を改めて見つめる。今は穏やかな流れだが、先ほどまでは荒れ狂っていた。生者も死者も、構わずに呑み込んでしまいそうだった。

「役割としては、遠くはない」と朧が答える。

「それが、嘆きの川……？」

「本来ならば、生者自身は境界に落ちず、嘆きは川の水かさを増やし、生者の心を呑み込む。そして、その嘆きの原因となったものに関連することがら全てを、川は彼岸《ひがん》まで運んでしまうんだ」

「それって、どういうこと……？」

尋ねる僕を、金魚が煙管で小突く。暗に頭が悪いなと言っている彼に、「うるさいなっ」と小声で抗議した。

一方、朧はしばし沈黙したかと思うと、すっと舟の上に置かれた茶碗を指さす。茶碗には、飲みかけのカモミールティーが入っていた。

「例えば、舟が傾き、そのカモミールティーがこぼれたとする」

「ショックでかいね」

「それに対して、イズルがこの世の終わりのごとく嘆く」

「ショックは大きいけど、そこまでじゃないよ……！」

思わずツッコミを入れてしまう僕に、「喩《たと》え話だ」と朧は冷静に返した。

「そ、そうだね……」

金魚は再び、煙管で僕を小突く。もう、抵抗する気も起きない。

「そのイズルの嘆きは、やがて境界にある嘆きの川を増水させる。氾濫した嘆きの川は、『お茶を飲みたい』というイズルの願いごと彼岸へと運んでしまう」

彼岸とはすなわち、死者の世界か。

「お茶を飲みたい願望が死んだ……」

十字を切る僕に、「そう」と朧は頷いた。

「イズルの中から、お茶を飲みたいという願望が消える」

「で、でも、それは寧ろ、無欲になって良いんじゃあ……」

小声でそう言う僕だったが、朧の言葉には続きがあった。

「それとともに、再びお茶を飲もうとする気力も失せる。ひどい時は、お茶を見る気すら失せる。お茶を見るだけで嫌気がさすようになる場合もある」

「重症だな。もう、お茶なんて飲めないじゃないか……」

「そうだ。それが、嘆きの川を増水させ、放っておいた者の末路だ。意欲が減退し、いずれは生きること自体を放棄するようになる」

聞いただけで、背筋が寒くなった。小さな金魚二匹も、抱き合って震えていた。子亀なんて、親亀にしっかりとしがみついている。

「僕は危なかったということか……」

「危ないということだな」

「現在進行形」

「そうだ」と朧はあっさりと頷く。

「そこで、そうならないようにするのが、俺の役目だ。彼岸に渡る前の願望は、まだ生きている。生者を追い返すのも、役割の一つだ」

「役割の一つって、他には……」

朧は、「そうだな」と少し考えてから答えた。

「切り離したい願望を、彼岸に送ることも出来る」

「そっちは用事がないかな……」

今の話を聞く限りでは、切り離した場合はリスクが高そうだ。そうでなくとも、僕はそれほど願望を持っているわけではない。

「先ほども言ったように、従来ならば、本人が嘆きの川に迷い込むことはない。だが、博物館は境界の場所。生きている者達が、役目を終えて死んだもの達と触れ合う場所でもある」

「死んだもの……」

博物館は、かつて道具として使われたものや、標本となった動物が展示されていることもある。そういう意味では、生者と死者が交わる場所か。

「そして、死んだものに新たな価値を見出《みいだ》し、次の生を与える場所でもある」

朧はそう続けた。

確かに、使われなくなったものや、死んでしまったものにも、文化財や史料という価値を付加している。

「そういう意味では、浮世にありながらも、お前達の宗教で言う輪廻転生《りんねてんしょう》を司《つかさど》る場所とも捉えられるのかもしれないな」

朧の視線は、僕達を無言で見下ろしている仏像に向けられる。その横顔は相変わらず表情が乏しかったが、複雑な感情が絡み合っているように見えた。

僕が彼を見つめていると、彼は不意にこちらを振り返った。あの黒目がちな瞳と視線が絡み合い、思わずドキッとしてしまう。

「イズル」

「は、はい」

「お前達の信仰している宗教が仏教だと断定してしまったが、お前は違うかもしれないな。日本人は昔から、神道を信仰していたとも聞く」

わずかにすまなそうに、目を伏せる。僕は「い、いや」と首を横に振った。

「特に、信仰している宗教はないので……」

「無神論者」

「カッコよく言うと、それかな」

寧ろ、現代人はそれが多いのではないだろうか。しかし、朧は苦々しげに眉を寄せる。

僕が初めて見る、表情らしい表情だった。

「無神論者は危うい。神は心の拠《よ》り所だ。それが無ければ、心は揺らぎやすく、道が定まりにくい」

道が定まりにくいという言葉に、何故《なぜ》か胃が締め付けられる。変なスイッチでも入ったかのように、手汗がどっと滲《にじ》む。

「イズル。神でなくてもいい。どうか、己の心の拠り所を強く持て。川に流されてしまった時、それは頼もしい道標《みちしるべ》になる」

「……うん」

真っ直ぐにこちらを見つめる朧を、直視出来なかった。

拠り所といっても、どうすればいいんだろう。僕にはもう、熱中出来ることも無いのに。

『ま、気張り過ぎんな。気楽にした方が、良いこともあるってもんよ』

大きな金魚は、胸鰭でそっと僕の膝を叩いた。

「う、うん……」

まさか、金魚に励まされるとは思わなかった。夢だろうが境界だろうが、このことは絶対に忘れないだろう。

『さぁてと。いつまでも、タダで舟の上にいちゃあ悪いからな。俺達は行くよ。あんまり水の上にいると、猫にも見つかっちまうしな』

大きな金魚はそう言うと、煙管を抱えてひらりと川に飛び降りる。

小さな金魚も、続いてちゃぽんちゃぽんと降りた。その後に、おたまじゃくしを卒業し切れていない蛙が小さな水飛沫《みずしぶき》をあげ、最後には亀達が、なんとか舟の縁までよじ登り、大きな水柱をあげて水に潜った。

「賑《にぎ》やかだったな……」

「偶《たま》に、猫に追いかけられている時もある。そちらの方が賑やかだ」

「猫……」

船上で大運動会でも始めるんだろうか。朧の貌は相変わらず涼しげだったので、その規模のほどは分からない。

そうしているうちに仏像が並ぶエリアを過ぎ、次の部屋へと入っていった。

その部屋は、しんと静まり返っていた。

黒い壁を背景に、ちらほらと金色が浮かび上がっている。闇に溶けるような黒い漆塗りの展示物が多い、漆工《しっこう》のエリアだった。

厳重なガラスケースの中に、展示品が収められている。遠目で見る限りでは、箱や鞍《くら》の類が多いだろうか。金と黒に彩られ、厳かな光沢を放っていた。

「何だか、高級感があるというか……」

「漆の艶と金の光沢のせいだろう」と朧は答えた。

「漆は耐水性に優れ、熱や酸やアルカリなどにも耐えることが出来る。この漆を使った加工は、お前達の国では、縄文時代前期から行われていたそうだ」

「漆って樹液だっけ。あの、かぶれるやつ」

「そうだ」と朧は頷く。

漆を使った装飾の技法の中に、蒔絵《まきえ》というものがあるのだという。漆で図柄を描き、そこに金属の粉を蒔《ま》きつけて文様を表すそうだ。奈良時代から始まったというのだから、ずいぶんと伝統的な技法である。

そんな漆工の品々の一点に、ふと、目が留まる。

「気になるものでも、あったのか？」

朧が視線を追う。「あ、いや」ととっさに目をそらしてしまった。目を留めたのも、特に理由があってのことではなかった。そう答えるのが、何やら気恥ずかしかった。

「そう言えば、さ」と話題をそらす。残っていたお茶を、ぐっと飲み干した。

「ここの展示物はいいなと思って。現役時代はちゃんと役目を全うして、その後もこうして、飾って貰えるなんてさ」

「何故、そう思う？」

朧は静かに問う。

「役割を、ちゃんと決めて貰えるからさ。現役時代は道具として、今は展示物として、役割を与えられ、それをこなしている。自分が何者なのか、自分が何処へ向かうべきか、迷わなくて済むじゃないか」

空になった茶碗を置くと、溜息を吐いた。

「イズルがここに迷い込んだのは、それが原因か」と、朧が呟《つぶや》くように言った。それを聞いた僕は、一瞬、心臓が鷲掴みにされたかと思った。

「えっ？　どういう、こと……？」

朧からも目をそらし、視線を彷徨《さまよ》わせる。傍らに置いていた缶に手を伸ばそうとしたけれど、ゴーフルは既に食べ終わっていた。

「――お前は、将来を決めかねている」

びくっと身体が震える。図星過ぎて、鼓動が止まりそうだった。

気持ちを落ち着かせようと、川の水面に視線をやる。

穏やかな川は、照明を反射してキラキラと輝いていた。その中に、何かが映っているのに気が付いた。

「あれは……」

思わず、少しだけ身を乗り出す。

そして、そこに映るものに、目を疑った。それは、大学で配布された履修届とカリキュラム一覧表だった。いや、そうかと思えば、掲示板に貼られていた就職ガイダンスの告知にも見えた。

目を擦《こす》って、二度見する。すると、さっさと履修届を書き終えた同学科の連中と、いつまでも悩んでいる僕の姿が映っていた。

目を背けようとすると、映像が揺らぐ。新しく水面に映ったのは、大きなホールと、高校時代の部活仲間と――。

「う……わ……」

「イズル」

朧が僕を呼んだ気がする。でも、それを気に留められるほど、心に余裕はなかった。

「やめろ、やめてくれ！」

水面に向かって、平手を思いっ切り振り下ろす。映像を掻き消さんと水に触れたその瞬間、僕の身体は大きく傾いた。

「あ」

水に引き込まれるような感覚に襲われる。視界が水に吸い込まれる。

そう思った次の瞬間には、僕は水面に叩き付けられていた。派手な音を立てて、大きな水柱を作ったことだろう。

川は、思ったより深い。

足がつく程度の深さだと思ったのに、床に触れることが全く出来ない。その上、頭から入ったせいか、どちらが上でどちらが下か分からなかった。

そんな僕の視界か、脳裏か、最早《もはや》よく分からないが、とにかく過《よぎ》るものがあった。

『まさか、あんなところで音を外すなんて』

よく知った声だ。目の前には、高校時代の同級生達がいた。同じ部活をしていた連中だ。

『まあ、誰でも失敗はあるよな。どんまい』

『コンクールの優勝は、後輩が来年目指すって言ってるからさ』

皆が口々にそう言った。

誰もが、フォローしてくれていた。誰もが、僕を責めなかった。

だけど、僕は知っている。皆が遅くまで練習をしていたこと。そして、コンクールで優勝確実と言えるほどの実力があったことを。

更に、みんなが心の中で僕を責めていたことも。

映像は揺らぎ、自分の部屋に変わる。

見えるのは、僕の後ろ姿だった。クローゼットの奥に、ギターケースを押しやってしまう。

お小遣いをコツコツと貯《た》めて買ったものだけど、仕方がない。もう、僕は弾く資格が無いから。

僕のほんのわずかな、最悪なタイミングのミスが、皆から全てを奪ってしまった。それを、思い出すのが辛かったから。

それ以来、僕は自分で選択するのが怖くなってしまった。

音楽は、昔から好きだった。両親が言うには、幼い頃は玩具《おもちゃ》の楽器を手放さなかったのだという。

だから僕は、クラシックギター部に入った。中学校の頃は吹奏楽部だったけど、何故だか、指で弾く弦楽器の方が、しっくりと来ていたから。

だが、そこで取り返しのつかない失敗をしてしまった。

ならば、もう、自分で選ぶのをやめてしまおうと思った。

しかし、それで楽になったわけではない。好きなことが出来ない今の生活は息苦し過ぎる。いっそのこと――、このまま――消えてしまった方が――。

水の流れに抵抗する手を止める。すると、身体がずぶずぶと水底に沈んで行った。呼吸が出来ない。でも、不思議と心地よい。このまま水に抱かれ、二度と目が覚めなくてもいいんじゃないだろうか。

「生者が、俺の前で勝手に死者になることは許されない」

冷たい水の中で、澄み渡るような声が聞こえる。囁《ささや》くようでありながらも、力強さを持つ声だった。

それと同時に、ぐいっと腕を掴まれる。もう少し水の中に浸っていたいと思ったが、知ったことかと言わんばかりに、強引に引き上げられた。

激しい水音とともに、水の抵抗が失せて、視界に光が飛び込んでくる。途端に、息が出来るようになった。

「う……朧……？」

「おはよう」

朧が僕の腕を掴んで、そう言った。寝起きみたいに、頭に靄《もや》が掛っていたが、彼の声だけはハッキリと聞こえた。

「お、怒ってます……？」

宙吊《ちゅうづ》りになりながら、朧の顔を見やる。彼は相変わらず表情が乏しかったが、眉間にはわずかに皺《しわ》が寄っているように見えた。

「ここで死者になられては、今までの労働が無駄になるからな。それに、俺は自殺が嫌いだ」

淡々とそう言って、僕を舟の上に放る。すっかり濡れた服が、べしゃりと情けない水音を立てた。

「自殺……」

そう言われて、自分の行動を思い出す。

そうか、僕は自ら命を放棄しようとしていたのか。冷静に思い返して、ぞっとする。

「自殺者は無責任な者が多い。然《しか》るべき対価も用意せず、その割には、嘆きの川を増水させる一方だ。俺は連中が嫌いだから、見つけ次第追い返している」

「どこへ」

「浮世へ」

つまりは、この世へ。なんだ、いい人かよ。

いや、でも、死のうとしたくらいだから、身体も無事ではないはずだ。そんな状況で生き返っても、死のうとする前以上の苦労をするかもしれない。

「生者として生まれた以上、生きる義務がある。生きるために、多くの犠牲を払っているのだから」

「多くの犠牲って……？」

「生きるために、動植物を殺すだろう？」

ああ、なるほど。食卓に出る肉は、元々は生きていた動物だ。野菜や果実の類だって、植物から命を頂戴している。

「でも、さ。自分が生きていることで、他人に迷惑がかかるんじゃないかって気付いた時はどうすればいいんだ？　これ以上生きていても、無意味だと思った時は」

「周囲にいる十人が迷惑だと思っても、まだ見ぬ百人が迷惑だと思うかは分からない。自身が無意味だと思っても、他人がどう思うかは分からない」

「うん。そりゃあ、分からない」

「今日が辛くても、明日が辛いとは限らない。今いる場所が苦しくても、その他の場所も苦しいとは限らない」

朧はそう言いながら、櫂を舟の縁に付ける。周囲をよく見れば、先ほどよりも奥まった場所に来ていた。周りを、ガラスケースが囲っている。

「辛くないかもしれない明日も、苦しくないかもしれない場所も、生きて歩いてみなければ分からない。――そういうことだ」

「要は、生きろってことか」

「そうだ」

朧は、ガラスケースに手を伸ばす。その中にあるものは、僕が部屋に入った時に、目を留めたものだった。

不思議な形だった。八枚の花弁《はなびら》をつけた花のようだった。そんな形の箱と、同じ形の金属の板状のものが並べられている。そこには精密《せいみつ》な絵が描かれていたり、彫られていたりするようだが、遠目ではよく分からない。

「だが、一度死ぬのも悪い手段ではない」

「さっきと言ってること矛盾してません？」

「死んだ気になって休み、歩き出す力が戻った時に、別の道へと一から歩き出せばいい」

つまりは、死にたくなったら、墓の下に入ったつもりで休み、元気が出たら気持ちを切り替えて別の道を歩めということか。

「別の道……か」

「イズルは、自分と向き合う時間が必要だ」

ガラスケースに触れたかと思うと、朧の手は、するりとガラスを抜けて中へと入ってしまった。その有り得ない状況に、僕は目を丸くする。

朧の手には、礼服によく似合う白い手袋がはめられている。それで用心深くガラスケースの中に入っている箱に触れたかと思うと、しっかりと摑み、手繰り寄せた。

すると、どういうことだろう。箱もまた、ガラスケースを抜けてこちらへと姿を現したではないか。

「あわわわ、どんなマジックだよ……」

「概念だけ摘出した。長い年月、こういった場所にいたがゆえに編み出した技術だ」

概念摘出の正確な意味は分からなかったが、ガラスケースの中には、朧が手にしている箱と同じデザインの箱が収まったままだ。通り抜けのマジックとはまた別なんだろう。

「受け取れ」

「えっ、わわっ」

朧が箱を放るので、僕は慌てて受け止めた。思いのほかずっしりとしている。箱の蓋には、松と竹の下で翼を広げる二羽の鶴、亀が彫られていた。その繊細で優雅な細工に、思わず目を見張る。

僕はそれをしっかりと手にし、しげしげと眺める。

「これは？」

「重要文化財だ」

「素手！　濡《ぬ》れた素手！」

慌てて朧に押し戻そうとするが、もう遅い。僕のぐしょぐしょに濡れた手で、べたべたと触れてしまった。

「問題ない。それは、概念のみを一時的に具現化させたもの。実物ではない」

朧はガラスケースの中を顎で指す。実物はそちらにということか。

「それより、中を検《あらた》めてみろ」

「あ、うん」

促されるままに、箱を開ける。すると、金属で作られた板状のものが入っていた。箱と一緒に展示されていたものだ。

まるで八枚の花弁をつけた花のような姿が、また美しい。やはり、二羽の鶴と亀、そして、松と竹が彫られている。箱よりも、幾分か力強いのは、素材の所為だろうか。

また、箱の中にも鶴が描かれている。色褪《いろあ》せてしまったような雰囲気だが、元はもっとハッキリとした色合いだったのだろうか。

朧は、箱の方を見つめながら言った。

「『蓬莱蒔絵鏡箱《ほうらいまきえかがみばこ》』。蒔絵技術に磨きがかかった室町時代の品で、文安二年に熱田神宮《あつたじんぐう》に寄進された。その蓬萊文の八稜鏡《はちりょうきょう》を収めるためにな」

「その箱に入っていたこれは、鏡なのか……」

「ああ。それは伝統的な蓬萊鏡だな。それ以前の時代は、そこに山岳も描かれていたのだが、時代を経てシンプルになったようだな」

鶴や亀が彫られたその鏡をじっと見つめる。翼を広げる鶴は、今にも動きそうなほどに確かな存在感を醸し出していて、また、威厳をも感じさせた。

それを裏返すと、確かによく磨かれていた。その中を覗《のぞ》き込むと、僕の顔がぼんやりと映る。

「冴えない顔だな」

髪から水を滴らせ、今にも泣きそうな顔をしていた。自分に対する情けなさからだろうか。

でも、悔しそうな顔にも見えた。悔しいということは、闘志が残っているということだ。僕はまだ、頑張りたいんだろうか。

「イズルはこの蒔絵鏡箱に目を留めた。展示物は、時として人の心を映し出す。お前には、これが必要なのではないかと思ったんだ」

「人の心を……」

朧の言葉を鸚鵡返しに唱えながら、僕は鏡に映った自分の顔を見つめていた。

「お前には、自分を見つめ直す時間が必要だ。己とじっくりと対話し、何をしたいかを見極めろ。他人のことは、それからでいい」

「……うん」

その言葉は、力強く僕の心に響いた。

鏡の中の僕は、少しだけイケメンになった気がする。

「ありがとう、朧」

僕は、鏡を丁寧に箱へと仕舞いながら、朧に礼を言う。

「僕は、誰かに背中を押して欲しかったのかもしれない。自分の進みたい道を進めって」

「その願望が叶《かな》ったのならば、何よりだ」

鏡箱を差し出すと、朧はそれを受け取った。そして、再びガラスケースの中へと、静かに戻す。

「追加は要るか？」

空になった茶碗を眺めながら、朧は問う。「お願いするよ」と僕は頷き、腰を下ろした。

「僕はさ、音楽が好きだったんだ。特に、指で弾くタイプの弦楽器が好きでね。高校に入ってから、クラシックギター部に入ったんだ」

そこで、アコースティックギターを奏でていた。お小遣いをコツコツと貯め、中古のギターを何とか手に入れた。それから、部室や公園、河川敷などで、機会を見つけては練習した。

「音楽を奏でるのが、本当に楽しくてね。音楽を奏でている時は、生きてるって感じがしてた。腕前も、悪くなかったと思う。先輩にも褒められたし」

「そうか……」

朧は相槌を打ちながら、お茶のおかわりをくれた。僕はそれを受け取ると、静かに啜る。

「うちの部、毎年、コンクールに出場していてさ。僕らが二年生の頃は、僕らも後輩も粒ぞろいって感じで、優勝間違いなしと言われてたんだ。コンクールのトロフィーを手にしてさ、先輩に優勝報告をしたいねってみんなで言ってたんだ。だけど――」

僕は言葉に詰まる。

その大事なコンクールの時に、僕は音を外してしまった。興奮で前日眠れなかった所為か、それとも、プレッシャーがあって緊張していたのか。いずれにしても、致命的なミスだった。

「皆まで言わなくていい」

僕が言いあぐねていると、朧はそう言ってくれた。ホッとすると同時に、少し情けない気持ちになる。

「お察しの通り、駄目だったんだ。それから、自分に自信が無くなって……」

自分が進もうとした道の先で、誰かに迷惑をかけることが怖くなってしまった。音楽も封印して、周りに流されるように生きて来た。

でも、大学では流れが分かれていた。幾つもの支流を目にして、僕は自身の本流が何処にあるのか、分からなくなっていた。自分が、何のために生きているのかすら、見失ってしまった。

「よくある話だ」

朧は、自分の分のお茶を淹《い》れて、口にする。彼も櫂を置きっ放しにして、舟の上に腰かけていた。

澄まし顔の彼に、「ですよねー」と苦笑する。

「だが時として、本人にとって、それは天地を揺るがす事件になる。お前にとって、その件は正しくそうだったのだろう」

「……お察しの通りです」と思わずうつむく。

　すると、茶碗に口をつけていた朧が顔を上げる。僕もその気配を察し、つられるように顔を上げた。

「苦痛を抱いた時間は、たとえ一瞬でも、永遠に感じるのだという。客観的に見れば短い時間だったかもしれないが、お前にとってその時間は永かったのだろう」

　僕は無言で頷く。そんな僕に、朧はこう言った。

「――辛かったな」

　夜の帳《とばり》のような色の瞳が、僕を真っ直ぐに見つめていた。表情は乏しいが、穏やかでいて、慈悲深いもののように見えた。

　たった一言。それが、僕の心にじんわりと染み渡るのを感じる。

「うっ、うう……」

　嗚咽《おえつ》が込み上げる。目頭に熱いものを感じた。押し戻そうとしたけれど、それは次から次へと溢《あふ》れ出してきた。

　必死に堪えようとする傍らで、朧は黙っていた。ただ静かに、自分が淹れたお茶を飲んでいた。

　その沈黙が、まるで僕の醜態《しゅうたい》を許容してくれているかのようで、見栄という名の堤防は決壊し、涙の氾濫を赦《ゆる》してしまったのであった。

嗄《か》れた声で、僕はぼやく。水面を覗き込まなくても分かる。今は絶対に目が腫《は》れてひどい顔になっている。

「あー、泣いた」

「時には、声をあげて泣くことも必要だ」

朧は何も見ていないかのように落ち着いた様子で、茶器を片付けて立ち上がる。

「朧は大人だね。幾つなの。っていうか、何者なの」

「少なくとも、お前よりも年上だ。そして俺に振られた役目は、渡《わた》し守《もり》だ」

「渡し守ねぇ……」

朧はその役割を体現するかのように、櫂を手にして漕ぎ始める。元来た道を戻るように。

「お前の嘆きの川は引いた。浮世に送ろう」

「夢なのか幻覚なのかよく分からないけど、有《あ》り難《がと》う。お蔭《かげ》で、すっきりした」

「それは何よりだ」

朧は、淡々と答える。相変わらず、何を考えているのかよく分からない。謎だらけだった。

　でも、これだけはハッキリしている。

　先ほどに比べて、心は実に晴れやかだった。まるで、嵐の後の空のようだ。

「それにしても、朧は聞き上手だよな。他の人間に話したことが無いことを、初対面の相手に話すなんて思わなかったよ」

「人の話を聞く機会が多いから」

「慣れてるってこと？」

「そうだ」と朧は短く答えた。

　こんなことを、よくやっているんだろうか。尋ねようかと思ったが、朧は黙って舟を漕いでいるので、つい、聞きそびれてしまった。

　朧の舟は、エントランスホールの吹き抜けに辿り着く。出入口の辺りに、何故かぽっかりと水が無い部分があった。段差があるわけでもないのに、そこだけ、水が避けているかのようだった。

「これが夢の出口かな」

　舟は、その前でぴたりと止まる。朧に支えてもらいながら、僕は舟から降りた。

　陸地は久々のような気がする。安心すると同時に、少しだけ物足りなさと、名残惜しさを感じた。

そんな僕に、「イズル」と朧が声を掛ける。

「ん？」

「その――」

僕が陸地に降りたにもかかわらず、朧は手を放そうとしない。彼は何かを言おうと視線を彷徨わせたかと思うと、改めて真正面から僕を見て、こう言った。

「六文」

「へ？」

「船賃だ」

船賃。

その妙に現実的な言葉に、僕は思わず固まってしまった。

「えっ、有料？」

「当然だ。万物は対価を支払って成り立っている」

朧の手は、僕の腕をがっしりと摑んでいる。繊細そうな見た目によらず、その力はかなり強い。

「六文って……」

「飲食代込みで六文だ。境界では浮世の法律に縛られないから、非課税だ。安心しろ」

この非現実的なミステリアス男子から、非課税なんていう言葉が紡がれるとは思わなかった。

ぽかんとする僕に対して、朧はわずかに怪訝《けげん》そうな表情になる。

「この国の相場は、六文だったはずだが」

「今の単位は、円ですし……」と弱々しく抗議する。

「ああ、そうだったな。六文は円にすると、百六十円だ」

「安っ。船賃、中途半端に安っ！」

距離は短いとはいえ、摩訶不思議《まかふしぎ》な状態になった博物館を舟で案内してくれて、しかも解説がつき、人生相談までして貰って、お茶とちょっとしたお菓子までついて百六十円は破格ではないだろうか。しかもその船頭が美青年と来れば、口コミの評価は五つ星となり、主に女性が長蛇の列を成しそうだ。

「あっ、十円玉が無い。二百円でいいかな」

僕は、百円玉二枚を朧の手の上に載せる。それを見た朧の眉間に、露骨に皺が寄った。

「あ、あれ？　お釣りは用意してないタイプ？　だったら、お釣りは要らないよ。二百円でも安いくらいだし……」

そう言って、僕はじりじりと後退する。だが、「待て」と鋭く引き止められてしまった。

「過剰な報酬は秩序を乱す。俺は必要以上の対価を受け取らない」

「めっちゃ真面目《まじめ》ですね……」

朧が何やら、懐に手を突っ込む。そして、僕の手のひらに何かを落とした。

チャリンチャリンと軽い金属音が聞こえる。二枚の銅貨だ。真ん中には、四角い穴が空いている。

「一文銭だ！」

「余剰分だ」

律儀なことに、朧はお釣りを返してくれたらしい。だが、この古びた銭は、今の日本では使えないはずだ。

「イズル」

名前を呼ばれ、朧の方を振り向く。相変わらずの表情だったが、その目は何かを言いたそうに見えた。

だが、彼はわずかに首を横に振る。そして、僕にこう言った。

「また」

「また……？」

僕が死ぬ時にでも会えるということだろうか。出来るだけ長生きしたいなと思いながら、朧に挨拶を返そうとする。

だが、再び彼の方を見た時には、そこには誰もいなかった。

「朧……？」

エントランスは、明るくなっていた。

振り返ると、ガラス張りの出入口から夕陽に染まった外界が見えた。ざわめきが戻り、ミュージアムショップのショッパーを携えた人々が、出口に向かって歩いている。

もう、水の気配はしない。正面にある豪奢《ごうしゃ》な階段から、滝のように流れ落ちていた跡すら残っていない。

「夢だったのかな」

いいや。心の中で渦巻いていた濁流は、今やすっかり澄み渡っていた。自分の頬に涙が流れた感触も、あの、朧の静かな声も耳に残っている。

きっと現実だ。仮に夢だとしても、限りなく現実に近い夢だ。

爽やかな気持ちを胸に、エントランスから出ようとする。新たな一歩を踏み出さなくては。

その時、手の中に違和感を覚えた。何かを握っていたらしい。手を開くと、中から濡れた古銭が二枚姿を現した。

「うっわ」

思わず声をあげる。

紛れもなく現実だった。夢だと思って納得しようとしたけれど、そうはいかないらしい。

「どうしよう、これ……」

財布からは二百円が消え、僕の手には二文が残った。

そのどうしようもなく現実的な事実を前に、どうしようもなく幻想的な出会いをどう処理したものかと、悩みながら帰路についたのであった。

第二話

出流と大人の悩み

あたたかい春の風が頰を撫《な》でる。

何とかカリキュラムを組んで提出し、大学から帰るところだった。

山手線のホームは相変わらず混んでいて、あの緑の電車に乗るのに一苦労だ。あまりガタイのよくない僕は、降車する人の波に押し流されそうになりながらも、どうにか乗り込むことが出来た。

列車は走り出し、窓から見える景色はホームからビルが建ち並ぶ街に移り変わる。

車窓に映る自分の顔は、冴えなかった。こんな顔をしていてはいけないと思いつつも、明るい顔をする気にはなれなかった。

将来の道は、決まっていない。だが、まだ一年生なので、多少のやり直しは利くだろう。

問題は、二年生になってからだ。

専門的な科目を、更に多く履修しなくてはいけない。単位の取りこぼしなんてあれば、三年生のカリキュラムも苦しいことになるし、就職活動に支障が出てしまう。

下腹部がキリキリと痛い。燃え行く木舟に乗って大海原《おおうなばら》を漂っているみたいだ。

「木舟……」

ふと、上着のポケットを探る。すると、二枚の銅銭の感触が伝わって来た。

「あれは夢、あれは夢、あれは夢」

自分に言い聞かせるように、繰り返して呟く。そう思わないと、おかしくなってしまいそうだったから。

普通に考えて有り得ない話だ。いきなり博物館が水浸しになって、木舟を漕ぐイケメンが登場して、僕にアドバイスをくれるなんて。

それに、喋る金魚も現れた。そんな奴《やつ》が実在しているのなら、今頃、ネットの動画サイトで大人気になっているはずだ。

電車が停《と》まって扉が開き、大勢の人がホームへと降りる。僕もそれにつられて出たものの、駅名を見てハッとした。

「あっ、しまった……！」

降車したのは、上野だった。僕の降りるべき駅は、ここではなかった。

踵を返そうとする間もなく、扉は無慈悲に閉まってしまう。走り出す山手線の車両を、僕は黙って見送るしかなかった。

「あのことばかり考えていたから……」と頭を抱えた。

だが、山手線はすぐに次の電車が来る。待ち時間など気にすることはない。

そう思いつつも、僕の足は上野公園方面の改札口へと向かっていた。

「閉館まで、まだ少しあるよな……」

ちょっと確かめるだけだ。東京国立博物館に入り、ぐるりと一周し、何の変哲も無ければそれで終わりだ。

そうやって現実を確認すれば、進路以外のことで頭を抱えなくて済む。

公園口は、上野駅のホームよりも高い位置にあった。階段を上って通路に出れば、改札口から外が見える。

観光を終えたと思しきご年配の集団とすれ違いつつ、僕は改札口を出た。

東京文化会館と、世界遺産に登録された国立西洋美術館の間を抜けて、銀杏《いちょう》並木を眺めながら国立科学博物館の前を通り過ぎれば、上野公園の噴水が左手に見えて来る。それを横目に車道を渡れば、東京国立博物館はすぐだ。

「来てしまった……」

門の向こうには、瓦屋根の立派な建物が見えた。視界を覆ってしまいそうなほど大きいそれが、東京国立博物館の本館だ。

その右手に見える比較的近代風の建物が東洋館、左手に見える薄緑色のドームを載せた白亜の建物が表慶館《ひょうけいかん》である。左奥の方にも建物はあるのだが、これを全て一日で見ようとすると、展示室を競歩で進まなくてはいけないほどに、広く、また、展示物の点数も膨大だった。

入場口を抜けると、敷地のど真ん中にある池を眺めつつ、本館へと真っ直ぐ歩く。

途中で、ミュージアムショップのショッパーを提げた人々とすれ違った。目的の展示物が見られたのか、それとも気に入ったお土産《みやげ》が買えたのか。いずれにしても、羨ましい。僕もそんな風に満たされた表情で出て来たいものだ。

どっしりとした石の階段を上り、エントランスへと足を踏み入れると、厳かな雰囲気に圧倒された。

正面には、幅広く立派な階段がある。その左右にあるアンティーク風のランプがぼんやりと辺りを照らし、突き当たりの踊り場では、豪奢な時計が来場者を見下ろしていた。

そこから、西洋貴族さながらのドレスをまとった貴婦人や、礼服をまとった紳士が下りて来てもおかしくないのだが、行き交うのは僕のような学生であったり、スーツ姿のビジネスマンらしき人であったり、奥様方の集団だったりする。

右を見れば、展示室に通じる入り口がある。左を見れば、ミュージアムショップだ。

「異常……なし……！」

何処にも水の気配はない。展示室の方から木舟がやって来たり、喋る金魚達が姿を見せたりはしなかった。

途端に、全身から力が抜ける。そのまま座り込みそうになるのを何とか堪え、フラフラと階段の方へと向かう。足の裏に伝わるのは、石の感触だ。水ではない。

やはり、夢だったのか。

安心すると同時に、少しだけ胸にぽっかりと穴が空いたような寂《さみ》しさを覚える。

「いやいや。それはおかしいだろう！」

頭を振りながら、僕は二階へと向かった。先日やって来た時は、本館から平成館へと続く展示室を眺めただけだったから。

二階には、数多くの美術品が展示されていた。家に眠っているお宝を鑑定するテレビ番組で見たようなものもある。

それらは皆、僕が生きて来たよりも長い年月、この世に存在していたのだろう。当初は道具として、その後は、歴史的価値のある史料として。

「本当に、すごいなぁ……」

感心しながら眺めていると、ふと、目に留まるものがあった。それには、見覚えがある。

展示物として、ガラス越しに見た記憶とはまた違う。それを触れられるくらい間近で、しかも最近、見たことがあった。

「茶釜と、風炉……。ウッ、頭が……！」

あの礼服の青年の姿が頭を過る。そして、カモミールティーの味も。

「やあ。今度は茶道具を調べているのかい？」

ひょっこりと、背後から顔が覗き込む。

「ぎゃあああっ」

「おっと、展示室では静かにっ」

相手はしーっと唇に指を当てる。その声も、なかなか大きい。

「あ、あの時の……」

冷静になって相手を見てみると、それは、平成館で話しかけて来た男性だった。注意する時こそ、キリッとした表情だったが、すぐにふにゃりと顔が緩む。

「後ろ姿を見て、もしかしてと思ってね。今度こそ課題？　それとも、個人的に興味が？　俺で良ければ何でも答えるよ」

青年は胸を張る。よく見れば、腰の辺りからはみ出しているパスケースに、名前が書かれている身分証が入っていた。

「『二階堂《にかいどう》』……『祐樹《ゆうき》』？」

「えっ、なんで俺の名前を知ってるの？」

やだこわい。と、青年——二階堂さんは己の身体を抱く。「これ……」とパスケースを指さすと、二階堂さんは大袈裟《おおげさ》に胸を撫で下ろした。

「なぁんだ。エスパーかストーカーかと思った」

「その二つを並べると、エスパーの人に失礼なのでは……」

果たして、超能力者が実在するかはさて置こう。

「それに、ストーカーは寧ろ、あなたの方のような気がします……」

「し、失礼な」

二階堂さんは大きく目を剝いた。この人、いちいちオーバーリアクションだ。

「困っているようだったから、声を掛けただけさ。俺で良ければ、力になるよ」

「そもそも、二階堂さんは何者なんですか……」

僕は半歩下がりながら問う。

「俺は、この博物館で広報を担当しているんだ」

「広報？」

「研究員だったら、深い質問にバリバリ答えられるんだけどね。でもまあ、全く力になれないことはないと思う」

無駄に自信満々に、二階堂さんは言った。

「研究員って、学芸員みたいなものですか」

「うん。世間では、そっちの呼び方が一般的かな。ここに勤めつつ、各々の専門分野を研究しているんだ。まあ、ほとんどよそに行ってるんだけど」

「よそに？」

「そう。文化財の貸し出しをするのについて行ったり、特別展の展示物を選ぶために、紛争地域に行ったりね」

うんうん、と二階堂さんは頷く。かなり聞き捨てならないことが聞こえた気がする。

「紛争地域……」

「そういう場所にも文化財はあるからね。現地に行ったら銃を渡されて、『何かあったら、これで身を守れよ』なんて言われてさ」

「へ、へぇ……」

尤《もっと》もらしい顔でのたまう二階堂さんだが、何処から何処までが本当なのか分からない。

「で、二階堂さんは広報……？」

「そう。展覧会の広報が主かな。ポスターやチラシを作ったり、ウェブサイトを運営したりするんだ。……っていっても、まだ、入ったばかりの見習いだけどね」

最後は小さく付け足す。成程、妙に初々しいわけだ。

「因みに、あの人達は……？」

展示室の一角で、展示物のように微動だにしないお姉さんを見やる。スーツ姿が美しいものの、目だけは仁王像のように隙が無い。

「あの人達は監視員。カッコよく言えば、展示物の番人。何かあれば止めに入ったり、ボールペンでメモを取ろうとする人がいれば鉛筆を貸したりする」

「鉛筆を？」

「そう。ボールペンのインクが展示物に付いたら大変だからね。その点、鉛筆ならば粉だから、綺麗《きれい》に取ることが出来るのさ。でも、シャープペンは駄目。あれは硬いから、落としたり吹っ飛ばしたりしたら大変だ」

「展示物に傷が付いちゃいますしね。というか、そんなルールがあったんだ……」

メモを取ることが無かったので気付かなかったが、万が一、大学で出た課題を調べる時には気を付けよう。鉛筆なんて持っている現代人は少ない。

「もう一つ、気になったことを聞いても良いですか。質問ばっかりで申し訳ないんですけど」

「何だい？　何なりと聞いてよ」

二階堂さんは、嬉《うれ》しそうに目を輝かせる。その表情を見て、若干の罪悪感が過った。

「その……、広報さんなのに、どうしてこんなところに……？」

二階堂さんの仕事が、展示品の解説ではないことが判明した今、新たな疑問が浮上してしまった。

「それは、休憩の時間だから息抜きに」と僕の質問に答えようとした二階堂さんは、自分の腕時計を見て固まる。

「や、やばい。休憩時間がとっくに終わってる……」

「えっ、大丈夫ですか？」

「だいじょうばない！　先輩に怒られるぞ……」

ぶるぶると首を横に振った二階堂さんは、身体をぐるりと展示室の出口の方へと向ける。

「ごめん！　俺は行かなくちゃ。解説は、また今度！」

「え、えっと、お気を付けて……！」

転げるように立ち去る二階堂さんを、僕は声を潜めながら見送った。

その背中が徐々に小さくなったと思いきや、今度はもがくように手をバタバタとさせながら戻って来た。

「わ、忘れ物ですか？」

「いや……、こっちじゃなかった……！」

二階堂さんは僕の前を通り過ぎると、別の方角の出口へと急ぐ。その背中はあっという間に小さくなり、戻って来ることはなかった。

「……大丈夫かなぁ」

監視員のお姉さんの方を盗み見るが、視線だけを二階堂さんが消えて行った方へと向けていた。眉間に皺が寄っているところを見ると、心配をしているか呆《あき》れているかのどちらかなんだろうか。

僕以上に、要領が悪そうだ。

失礼と自覚しつつも、そう思ってしまう。

「でも――」

改めて、茶釜を眺める。お湯を沸かすものという役目が決まっていて、お茶の席の主役格にも見劣りしないその道具を。

二階堂さんは、活《い》き活《い》きとしていた。それは恐らく、やりたいことがやれているからなのだろう。それに比べて、僕はどうだろうか。

指先が熱い。弦を弾きたいと訴えているかのようだ。

僕はそれをぎゅっと拳《こぶし》にして包み込み、その場を後にする。

この場にある展示物は、各々の役目がちゃんと決まっているもの達だ。そう思うと、いたたまれなくなってしまったのであった。

やって来たのはミュージアムショップだった。

この前も、ここに逃げ込んだっけと思うものの、エントランスに向かう途中にあるのだから仕方がない。

閉館が近いためか、平日なのにそれなりに人が多かった。

今日こそ、何か買って帰ろうか。

前回はそんなテンションではなかったので、何も買わなかったけれど、よく見ればクリアファイルやペンなど、お決まりの文具もあって、大学で使えそうだ。

何気なく、クリアファイルを一枚引っ張り出してみる。そこに描かれたイラストに、僕は思わず固まってしまった。

大きな猫の顔が覗き込んでいる。視線の先にいるのは、金魚だった。尾鰭を足のようにして立ち、手のような胸鰭を持ち上げている。何処かコミカルな表情は、間違いなく、僕が数日前に目にしたものだった。

「『金魚づくし』……」

ファイルに貼られたラベルには、そう書かれていた。

そうか。あいつらはこの絵から出て来たのか。正確には、この博物館に所蔵されている絵からなんだろうけど。

「って、いやいや。あれは夢だから！」

思わず、裏手ツッコミをしてしまう。だが、運悪くその手が、他の人にぶつかってしまった。

「ヒエッ、すいません！」

コンマ一秒で謝罪する。怖いおじさんだったらどうしよう。気の強そうなマダムでも困る。若い女の子でも、あんまりよろしくない。

恐る恐る相手を見やる。すると、そのいずれでもなかった。

寧ろ、いずれよりも悪かった。

「謝る必要は無い。俺にとっては些事《さじ》だ」

紳士的にそう言ってくれた相手は、礼服の青年だった。

僕と同じくらい若く見えるが、まとう雰囲気は成熟し過ぎていて、眼差《まなざ》しは達観しているように見える。品の良さが迸《ほとばし》るほどの相手だが、いっそガラの悪い相手に凄《すご》まれる方がよかった。

「朧……さん？」

「お前か。俺のことは呼び捨てで構わない。船頭相手に、二文字分のカロリーを消費する必要は無い」

さらりとそう述べた相手は、こちらに気を遣ってくれているのだろうか。それにしても、基準がいまいち分からない。

「どうしてこんなところに……」

というか、実在していたなんて。

やはり、夢ではないなんて。

頭を抱える僕をよそに、「茶菓子を買いに来た」と朧は答えた。

「茶菓子って……」

「お前に振る舞った分を補充しに来たのさ」

よく見れば、手のひらに収まるくらいの缶を幾つか携えている。僕の視線を受けた朧は、ミュージアムショップの一角を顎で指した。

「あっ、あれか……」

そこには、缶入りのゴーフルが積まれていた。どうやら彼が持っている缶は、そこから取って来たものらしい。

「っていうか、あのゴーフルはここで買ったのか……」

「ハーブティーによく合う」

朧は澄まし顔でそう言った。あのカモミールティーの香りが、鼻腔《びこう》に蘇《よみがえ》ってくる。

「それにしても、このゴーフル、船賃よりも高くない……？」

値札と朧を交互に見つめる。経費やら何やら以前に、このゴーフルだけで赤字だ。ゴーフル自体はそれほど高くないのだが、船賃が圧倒的に安かった。

そんな僕に、朧はクールな顔をめいっぱい顰《しか》めてみせた。

「だが、船賃は相場が決まっている」

「六文銭だかってやつ？　何でそうなのか知らないけど、輸送以外のサービスもいっぱいしてるし、値上げしてもいいと思うんだけど……」

「長きに亘《わた》って相場通りに船賃を貰っている。今更、変えることは許されない」

「許されないって、誰に」

「俺だ」

生真面目で面倒くさい。

僕は心底そう思った。出来るだけ、関わらない方がいいかもしれない。

だが、身体はその場から動かなかった。いいや、動けなかった。

朧の正体が何者か、確認が出来るまでは。

僕がじっとしていると、朧はレジへと向かう。そのまま優雅にお会計を済ませる、かと思いきや、彼は代金を支払うために、ジャラジャラと小銭を取り出した。

「うわっ……」

レジの職員さんが必死に数える。一応、現代の日本円のようだが、十円玉と百円玉ばかりだった。

「待たせたな」

ショッパーを片手に、朧が戻って来た。涼しい顔をしているが、とんだ鬼畜の所業《しょぎょう》である。

「あれ、全部船賃として支払われたお金なのか……？」

「ああ」と朧は頷く。

「僕以外にも、助けられた人がいたのか……」

「ああ」と朧は律儀に答えた。

「その人も、僕と同じように夢だと思ったんだろうな……」

「その通りだ。何故、現実を受け入れられないのか。俺には理解が出来ない」

「理解の範囲を超えてるからだよ！」

思わず声をあげてしまったが、朧に「静かに」と注意される。唇に人差し指を当てる仕草も、この品のあるイケメンがやると二階堂さんの百倍も様になってしまう。

「普通は受け入れられないって。博物館を満たす嘆きの川や、その上を走る木舟のことなんて」

「理解の範囲を超えていると混乱するから、自分を守るために、夢だと思う」

「そういうこと」と、僕は朧に頷いた。

「だが、それではいつまで経《た》っても、自分の世界は広がらない。理解出来ないものを受け入れてこそ、視野が広がるものではないのか？」

真っ当な意見だ。真っ当過ぎるその言葉に、僕は反論が思い浮かばなかった。

「それはそうかもしれないけど……。だったら、理解出来ないことが少しずつやって来れば、ショックは少ないかも？」

「たとえば？」

「まずは、川か舟のどちらかから、とか？」

眉間を揉《も》みながら、無い知恵を絞る。そこで、僕はふと或《あ》ることに気付いた。

「そうだ。舟はどうしたんだ？」

「陸地では舟は走れない」

朧が述べたのは、至極当然の見解だった。

「い、いや、そんなの分かってるし。まあ、そこは世の中の常識と同じなんだって感じもするけれど」

「境界の岸につけて来た」

朧はそう答えてくれる。律儀に答えてくれて恐縮だけど、あまりイメージが湧かなかった。

「えっと、朧が普段いる境界とやらに、あるってことかな？」

「そうだ」

そうなのか。ちゃんと理解が出来ていたようでよかった。

「というか、朧も岸を歩けるんだね。何となく、舟の上にしかいられないイメージだったから」

そんな馬鹿なと思うものの、どうもこの青年と木舟がしっくり来過ぎていて、切り離すことが出来なかった。

朧はミュージアムショップを後にしつつ、「間違っていない」と答える。

「俺の行動範囲は限られている。こうして歩けるのは、川岸くらいだ。川からそれほど離れることは出来ない」

朧の言葉を、自分なりに理解しようと考えを巡らせる。彼が舟を走らせていた嘆きの川とやらは、この博物館の中だけを満たしていたように思えた。

「か、川岸って、博物館の敷地内ってこと？　博物館の敷地の外には行けないってことかな？」

そう言った僕を、朧が凝視する。あまりにも剣呑《けんのん》な眼差しに、思わず距離を置いた。

「な、何か間違っていたでしょうか……？」

「いや。当たりだ。先日の理解力とは比べ物にならない。お前は本当にイズルか？」

要は、前回会った時が阿呆過ぎて、見事に言い当てた僕が本人かどうかを疑われていたということか。

「本当にイズルですよ!?　カモミールティーの味も覚えてるからね!?」

「しっ」と間髪を容《い》れずに注意されてしまう。

「声が大きいところは同じだな。安心した」

そこは寧ろ、安心すべきところではない気がする。唇をぎゅっと結びながら、朧の後をついて行った。

外は、すっかり夕方の空気だ。空も黄昏《たそがれ》に染まっていて、まだらに浮かぶ雲も影を落としている。

「この庭園は歩くことが出来る。だが、あの門から先には行けない」

朧は、白い手袋をした人差し指で、正面に見える門を指した。

帰路へとつく人々の背中が、ぽつぽつと見える。そこから先は、彼の領域ではないのか。

「でも、待てよ。この先にも博物館があるじゃないか」

「国立科学博物館」

「そうそう。あの、恐竜の骨とか剝製とか」

「ミイラがある場所」

「そう。ミイラ……なんてあったっけ？」

屈葬された古いご遺体ならば展示されていたが、あまりミイラという印象が無い。

「正面の入り口には、大型肉食恐竜と子育てをする植物食恐竜の全身骨格がある」

朧は淡々と述べるものの、僕にその展示の記憶はない。確か、地下の入り口から入り、ミュージアムショップやフーコーの振り子の前を通って中に進むのだ。

「正面の入り口っていうのが、そもそも無いから。入り口は地下だし」

「…………」

朧は沈黙する。眉間を揉み、必死に記憶の糸を手繰り寄せているようだ。

「俺が最後に訪れたのは三十年ほど前で……」

「それは僕が生まれてない頃だねぇ!?」

「改装したのかもしれないな」

朧は自分の中で納得したらしく、静かに頷いた。

「博物館の間は、境界側にある特殊な水路を使って行き来をする。だから、俺は東京国立博物館と国立科学博物館の間に、どのようなものが横たわっているのかを知らない」

門から見える範囲でならば分かるのだが。と、朧は門の先を眺める。

その横顔は、どう見ても二十歳前後だ。三十年ほど前に博物館を訪れることが出来るような年齢には見えない。

僕が凝視していると、朧はその視線に気付いたようで、端整な顔をこちらに向けて来た。

「何故、同じ博物館なのに科学博物館に行く頻度が低いのかと疑問に思う顔だな」

「僕、そんな顔してました……?」

寧ろ、朧の実年齢は何歳なんだろう、とか、朧の正体は何者なんだろうという疑問が満ち溢れていたのに。

「三番目くらいに、疑問に思っていそうだった」

「あ、それは当たっているかも」

妙にリアリティのある数字だ。朧は人の心が読めるのではないだろうか。

朧は本館の入り口を背に、階段を下りる。僕も慌てて、その後を追った。

「俺は、人間の文化に興味がある」

「人間の文化に……」

僕に背を向けた朧は、唐突にそんなことを言い出した。摩訶不思議なその発言も、彼が口にすると、やけにしっくりしているように思えた。

「人間がどのような歴史を積み重ねて来たのか。どのような想いを抱いて生きて来たのかが興味の対象だ。文明が生まれる前の世界は、俺の興味の外になる」

それでも、全く興味が無いわけではない。と、朧は付け足す。

なるほど。それならば、宇宙誕生から人類の歴史的発明などの分野を扱う、国立科学博物館は、たまに行けばいいということか。

そのたまにが、僕の人生がすっぽり入ってしまうレベルだけど。

「だが、改装したというのならば、久々に行くのも悪くはない」

「入り口も変わったみたいだしね。正面入り口っていうのは、多分、今封鎖されているところかな。日本館の一階なんだけどさ、明らかに扉っぽいところが締め切りになっているから、不思議だと思ったんだ」

「聞く限りでは、相違ないだろう。あの建物も文化的な価値がある。保護のために、そうしたのかもしれないな」

朧はゆったりとした歩調で先へ進む。

そのまま、門から科学博物館を望むのかと思いきや、広場の中央付近で急に立ち止まる。

「右手に見えるのが、表慶館」

朧の言葉につられて、右手側を見やる。

すると、ドーム状の屋根を被《かぶ》った、白い外壁の洒落た西洋建築が見えた。

よく見ると、入り口の左右にライオンの像が佇んでいる。片方は口を開け、片方は口を閉じているという、阿吽の像だ。厳《いか》ついライオンだというのに、狛犬《こまいぬ》のまねごとをさせられているかのようで、何だか微笑ましい。

「明治四十二年に開館となった。外壁は茨城県で採れた花崗岩《かこうがん》。これを約五十層に重ねているため、堅牢《けんろう》で、関東大震災の被害を受けなかった」

「関東大震災って、あの、東京中の建物が倒壊したり、大火事があったりしたっていうやつだよね。すごいじゃないか！」

「本館が復旧するまでは、あそこで展示を行っていた」

「あ、そうなんだ。でも、本館に比べたら、流石《さすが》に狭そう……かな」

立派な建物だが、それでも、視界の右から左までを覆ってしまいそうな本館には及ばない。朧もまた、頷いた。

「あの時は、俺も動き難《にく》かった。本館であれば、舟を動かすのに充分な広さなのだが。本館の復旧工事は、彼此《かれこれ》十五年続いたから、終わる頃には俺も慣れてしまっていたが」

「へぇー……」

待てよ。思わず相槌を打ってしまったけれど、どういうことだ？　まるで、あたかも関東大震災を経験したかのようじゃないか。

「あの、朧さん……」

つい敬称をつけてしまう僕に、「呼び捨てでいい」と朧は律儀に言ってくれた。その気遣いも、悪いが、今は無視させてもらう。

「関東大震災って、いつの出来事でしょうかね？」

「大正十二年だが」

朧はさらりと言った。

「大正……十二年」

「違ったろうか？」

朧は小首を傾げる。僕は、ポケットから携帯端末を取り出し、急いで検索をしてみた。

「いえ、合って……ます」

「そうか。この国の年号に、若干自信が無かったから」

朧はそう言って、わずかに目を伏せる。恥じらっているのだろうか。顔色がほとんど変わらないので、よく分からない。

それよりも、どういうことだろう。大正十二年の出来事を、まるで去年のことのように語るというのは。

「朧さんは、お幾つなのです……？」

「何だ。藪《やぶ》から棒に」

「いえいえ。この不肖者、朧さんの個人情報に興味が御座いまして」

誤魔化すのが下手な僕は、妙な低姿勢になりつつ、朧の出方を窺う。だが、朧は首を横に振った。

「やっぱり、教えられない系……？」

「忘れてしまった。数えるのも不毛だからな」

つまりは、数えるのをやめてしまったということか。

「生まれた年から、計算することは……」

現在の西暦を教えつつ、電卓アプリを起動させる。暗算に自信はない。

しかし、朧は露骨に顔を顰めた。あの、十円玉が無いと言った時と同じように、整った眉の間に深い谷を刻み、不機嫌そうに口を結ぶ。

「西暦こそ、馴染みが無い」

「え、でも、世界共通だし」

「そんなものを使い始めたのは、最近だろう？」

「二千年以上の歴史があるよ!?」

「二千年か……。意外と長いな」と朧は実に意外そうな顔をした。

意外なのは、朧の発言全てだ。こちらは目を剝き過ぎて、眼球がこぼれてしまいそうだ。

「ここのところ、時間が過ぎるのが速い。そろそろ俺も、耄碌《もうろく》してきたか」

朧は頭を振る。僕はそっと距離をとる。

「イズル。何故、腰が引けている」

「いや、だって、本当に何歳なんだと思って……」

「年齢のことなど、どうでもいい。大事なのは、どれほどの経験を積み重ねて来たかということだ」

「尤もらしいことを言って、誤魔化そうとしてません……？」

「これ以上、この議題について論議するのは不毛だと思っただけだ」

朧はぴしゃりと言った。

確かに、朧の年齢は気になるものの、あまりこだわってもしょうがない。それに、そういうキャラを演出しているだけかもしれない。

一瞬だけそう思うものの、すぐに心の中で首を横に振った。

先日は不可思議な力を見せつけられて、更に、今日は現実世界で再会して、今更、彼がトリックを使っていたり、キャラを作っていたりするとは考え難い。

では、彼は何者なのか。

船頭だと言っていたが、本名は忘れたという。それが嘘《うそ》か本当かは分からないけれど、船頭だと言われて、はいそうですかとは納得出来ない。

思い当たるのは、超能力者とか、超高度な文明を持っている異星人とか——。

「神様……とか？」

いやいや、と首を横に振る。どれも滑稽な答えだが、それが一番失笑してしまう。神様なんて、この世の中にいるわけが無いのに。

仮に神様がいるのならば、幾らでも祈ろう。そして、勇気を少しだけ貰いたい。

自分と向き合うべきだと思いながらも、未《いま》だに、弦を爪弾く覚悟は無い。やりたいことなんて、とっくの昔に分かっているというのに。

それに、朧はどっちかというと、神様ではなく妖怪の方がしっくりくる。

朧の方を見やると、彼もまた、こちらを見つめ返す。陶器人形のように整った顔立ちにはめられた、黒曜石《こくようせき》のごとき瞳に見つめられると、何やら恥ずかしい。

朧には、高潔さも威厳もある。だが、薄暗い博物館の中で舟を漕ぐ様子は何処か妖しくて、神聖なものとは少し異なるような気がした。

「左手に見えるのが、東洋館だ」

「まだ続いているんだ。その解説……」

唐突にガイドを再開する朧に、がっくりと肩を落とす。

先の二つに比べると、やや近代風の建物だ。過剰な装飾は一切ない。太い柱や大きな軒があるところは、何処となく木造建築を彷彿《ほうふつ》させるが、材質は恐らくコンクリートだろう。何とも不思議な建物だった。

「中国美術を中心に、インドやエジプト、韓国などの美術品が所蔵されている。シルクロードや仏教の伝来などを学ぶには、いい場所かもしれない」

「あっ、それは耳寄りな情報かも。東洋館は一度入ったことがあったんだけど、やたらと広くてさ」

確か、一階から最上階までは、展示室が螺旋《らせん》状になっている。半階ごとに無駄なく展示されているので、一つ一つ見ようとするとキリがない。

「順路に従えば、時空を旅することが出来る。だが、テーマを絞って、何回か通うのも悪くはないだろう」

「朧も、東洋館によく行くの？」

「それなりには」

そう答えた朧の瞳は、何処か遠くを見つめていた。一体、何に思いを馳せているのか。今の僕には、彼の心中を知る由もない。

「そうだ」

朧は何の前触れもなく、こちらに視線を戻す。先ほどのような、一瞥《いちべつ》する程度の視線ではない。食い入るような強さに、僕は思わず背筋を伸ばしてしまった。

「イズルに、頼みたいことがあったのを思い出した」

「頼みたいこと？」

「あの時は憚《はばか》られたが、これも縁だ。俺の願いを聞いてくれないか？」

「ぼ、僕に出来ることなら……」

手のひらに変な汗が滲む。

朧のことは、未だによく分からない。いきなり、命を差し出せなんて言われたらどうしよう。こう、生贄《いけにえ》的な意味で。

だが、僕の予想に反して、いや、僕の予想よりも、遥かに悪いことが告げられた。

「お前が得意とする楽器を、弾いてくれないか」

楽器を弾く。

僕が話したため、朧は僕がアコースティックギターを弾けるということを知っていた。

そこまではいい。

だが、それを人前で弾くとなると、話は別だ。

「ご、ごめん。僕には未《ま》だ、覚悟が……」

「ならば、覚悟が決まってからでいい」

「覚悟が決まってからって……」

「俺は、待っている。お前が弾く気になるまで、ずっと」

ずっと。

その言葉には、妙な重みがあった。鉛以上に重い響きで、それでいて、胸が締め付けられるような感覚に陥る。

「ま、待ってるって言われても」

「一週間でも、一カ月でも、一年でも、十年でも、俺が存在し続ける限りは待つ。だから、弾きたくなった時は、最初に聞かせてくれ」

朧の瞳が、困惑する僕を映している。興味本位なそれとは、明らかに違う。彼の執念、いや、執着のようなものが窺えた気がした。

「いつになるか、分からないけど……」

「それでも、構わない」

朧は僕から視線をそらさない。僕も、朧から視線をそらせない。

静かで強い双眸に、完全に圧倒されていた。口の中はすっかり乾き、その代わりに、手や足は変な汗をかいている。身動きが取れず、金縛りにでも遭ったかのようだ。

「ど、どうして……」

やっと動いた唇で、言葉を紡ぐ。

どうして、僕なんかの演奏にそんなにこだわるのか、と。

だが、その時、朧が急にハッとした。僕も金縛りから解放され、全身から力が抜ける。

つい、膝をついてしまいそうになるが、なんとかバランスをとって立ち直った。

「どうしたんだ……？」

「嘆きの川が、増水した」

「えっ、それじゃあ、僕の時みたいに……」

「誰かが境界に迷い込んだ」

朧はそう言って、小走りで本館のエントランスへと向かう。つい、その背中を追ってしまうが、ハッと我に返った。

「とと、ごめん。僕は何も出来ないんだった。つい、つられて」

どうにかしなきゃと思い、反射的に足を踏み出してしまったが、僕ではどうにもならない。ここは、朧に任せなくては。

「それじゃあ、頑張っ――」

頑張って、という言葉は、最後まで言わせて貰えなかった。何故なら、朧が僕の腕を思いっ切り引っ張ったからだ。

「ひえっ、何!?」

「ついて来い」

「ええっ！　だって、僕は何も出来ないって！」

手足をじたばたとさせてもがくものの、朧の力は意外と強い。細身の美青年の姿をしているのに、彼の腕は全く動じなかった。

「お茶を淹れることすら出来ないんだよ？　缶を開けて、ゴーフルのパッケージを破くくらいは出来るけど」

「じゃあ、それでいい」

「それだけのために!?」

本館に入る直前で、朧が立ち止まる。引きずられていた僕も、立ち止まらざるを得なかった。

「イズル」

「ハイ」

朧に見つめられ、僕は背筋を伸ばす。

「お前は、俺と川を渡るのは嫌か」

「えっ、そ、それは……」

予想外の問いかけだ。代わりに舟を漕げとか、何なら水中から舟を押せなんて言われたら、すぐにでも断れるのに。

気付いた時には、僕の口からは蚊の羽音みたいな小声が漏れ出していた。

「嫌では、ない……です」

「ならば行くぞ」

「ひえぇぇぇ！」

容赦は無かった。朧は強引に腕を掴んだまま、自動扉を潜《くぐ》り、エントランスへと足を踏み入れる。

その瞬間、雰囲気が明らかに変わった。

ひんやりとした空気に頬を撫でられ、思わず身震いをしてしまった。全身がずっしりと重く感じる。声も雑音も全て掻き消すほどの、激しい水の音がした。

「まさか、また境界に来ちゃうなんて……」

正面にあるはずの階段からは、水が勢いよく流れ落ちていた。朧は嘆きの川だというが、これでは嘆きの滝である。それに心なしか、自分が嘆いていた時よりも、水流が激しい気がする。

「目指すべきは、川上か」

ひどい水音の中、朧の声だけはハッキリと聞こえた。僕の隣では、いつの間にか、朧が木舟に乗っている。

「ここに木舟をつけていたのか」

「ああ」と、朧は櫂を手にしながら頷く。エントランスに辛うじて出来た陸地から一歩踏み出せば、もう嘆きの川だ。

「乗れ」

先に舟に乗っていた朧が、僕に手を差し出す。その手を取ろうか躊躇《ためら》ったが、乗らなければ急流の間近に置いていかれるだけだ。

「じゃあ、失礼して……」

僕が朧の手を取ると、ぐいっと引っ張られる。貧弱な身体だけど、平均男子並みには重いはずだ。なのに、軽々と持ち上げるなんて、やっぱり朧は怪力だ。

こんな澄まし顔をしているが、服の下はかなりの筋肉質かもしれない。

僕を座らせて舟を漕ぎ始める朧を見つめながら、僕はそんなことを考えていた。

川の流れは速い。だが、朧の漕ぐ舟は、ほとんど揺れなかった。一体、何年船頭をしているのか知らないが、本当に、大した腕前である。

「朧」

「どうした？　捜索対象を発見するまで、茶は出せないぞ」

「いや、そこまで空気の読めないこと言わないから。そうじゃなくて、何処に向かうのかなと思って。川上って言ってた気がするけど……」

「そうだ。この建物で言う、上階に向かう」

「つまりは、二階？」と僕は天井を指さす。「そうだ」と朧はあっけらかんとした顔で答えた。

「エレベーターとかで？」

「水没した博物館のエレベーターが使えると思うか？」

若干の同情を含んだ眼差しを向けられる。

「い、いや、普通は使えないだろうけど！　常識が何処まで通用するか分からないから！」

「エレキテルを利用するものは、ほぼ使えない」

「えれきてる」

「この国では、そう呼ぶはずではなかったか……？」

「電気のことならば、かなり昔にそう呼んでたっぽいですね……」

「些《いささ》か古かったか。失礼した」

朧はさらりとそう言うが、ツッコミを入れてやるべきだろうか。

「逆にこの状況であれば、エーテルを利用するものは、より効果が得られるが」

「それ、僕の知らないエネルギーだ」

ファンタジー系のゲームに、アイテムとして登場した気がするが、それの正体が何かはよく分からなかった。きっと、現代人とは縁がない世界のものなのだろう。

「まあ、それはさて置き。エレベーターが使えないなら、どうやって上階へ？　まさか、沢登りをするわけじゃないよね……」

舟を降りて、この嘆きの滝をよじ登ろうというのか。いや、しかし、階段には手すりがある。そこにロープを引っかけて登れば、水流の影響を受けずに済む。

僕がそんな算段をしている傍らで、朧は舟から降りることなく、滝に向かって舟を漕いでいた。

「お前がそんな危険を冒す必要は無い」と朧はきっぱりと言った。

「まあ、率先して沢登りをしたいわけじゃないんだけど……」

「水があり、舟が入れる場所ならば、俺は何処にでも行ける」

「え、それって……」

木舟はそのまま、滝へと突っ込む。木舟には嘆きの滝の水が容赦なく入る――はずだった。

だが、思わず舟の縁にしがみついた僕に、水が容赦なく襲い掛かることはなかった。

なんと、舟は急流に逆らって進んでいるではないか。

「え、えっ、ええ〜っ」

流石に船体は揺れているが、物怖《ものお》じすることなく進んでいる。傾いた船体から振り落とされないように、僕は引き続き縁にしがみついていた。

「朧さん、物理法則がおかしくないですか!?」

僕の叫びに、朧は涼しい顔をして答えた。

「ここは境界だ。物質界の常識に囚《とら》われることはない」

「そこは常識が守ってくれない範囲なんだ!?」

「それに、俺は舟を操るために存在しているようなものだ。舟を操ることに関しては、お前達で言う呼吸と同じだ」

「あっ、匠《たくみ》の有り難いお言葉だ！」

そんなやりとりをしているうちに、なんと踊り場まで来てしまった。僕達がいたエントランスを見下ろせる位置だ。

左右には、大きなステンドグラスがはめ込まれている。辛うじて点《つ》いているランプに照らされながら、それは厳かにこちらを見下ろしていた。

自然と口を噤み、背筋が伸びる。

天井の高いその空間には、水音だけが響き渡っていた。どうどうというその音は、まるで天に住まう大いなる存在の叫び声のようであり、川を渡る者の嘆きのようにも聞こえた。

「助けてくれ～」

「うーん。どちらかと言うと、嘆きの方……って、あれ？」

櫂を操る朧の方を見やる。彼もまた、聞こえたらしい。

水音に混じって、本当の叫び声がする。それは上階の、僕らがいるところのすぐ近くからだった。

「すっごい聞いたことがある声なんだけど……」

「知り合いか」と問いながら、朧はペースを上げる。

「うん。偶然にも、二回出会っちゃった人……」

忘れようにも忘れられない。この軽くて緊張感のない声は。

木舟は踊り場を後にし、二階へと向かう。あと少しで二階に差し掛かるというところで、階段に何かが引っかかっているのが見えた。

「あっ」

「誰か～、助けて……って、ああ！」

引っかかっていたのは、人間だった。更に言うと、あの二階堂さんだった。

朧は舟を巧みに操り、階段にしがみついている二階堂さんを救出する。舟の上に下ろすと、二階堂さんの重みで、舟が軽く跳ねた。

「うう、死ぬかと思った……」

水のせいか、それとも涙と鼻水のせいか、顔はすっかりぐちゃぐちゃだ。服も存分に水を吸い、クラゲのようになっている。

「嘆いていたのは、二階堂さんだったんですね……」

「怖かったよぉ……。死ぬかと思ったよぉ……」

二階堂さんは、ぐすぐすと泣いている。いい大人なのにとも思ったけれど、あの状況では無理もない。少しでも落ち着くようにと、僕は二階堂さんの背中をぽんぽんと叩く。

「間に合ったようで何よりだ」

朧は、舟で二階の展示室へと入る。構造の所為か、水流は少しばかり落ち着いている。

朧は櫂を縁に付けると、傍らにあった茶釜の中身を確認してから、風炉の中の炭に火を点けた。

「あれ？　火種は？」

ライターかマッチか。手元がよく見えなかった。しかし、朧は黙って指を弾《はじ》く。

すると、彼の指先からポッと青白い炎が発生した。一瞬だったが、見逃さなかった。

「そ、そんな真似も出来るんですね……」と思わず敬語になる。

「炎の元素を操るのに長《た》けてはいないが、点火程度ならば出来る」

料理は上手《うま》くないが簡単な物ならば作れる、というニュアンスで不可思議なことをするのはやめて欲しい。僕がツッコミを入れようか否か迷っているうちに、朧は麻袋から稲穂のような枝を取り出した。乾いたそれを少しだけ揉み、茶釜へと放り込む。

「それは？」

「チャイ・トゥ・ヴヌー」

聞き慣れない響きだ。だが、朧は淡々とカップの支度をする。そうしているうちに、心地よい香りが漂ってきた。

「飲め」

柄杓《ひしゃく》でお茶を汲《く》んでティーカップに入れ、朧は二階堂さんに勧める。啞然《あぜん》として僕らのやりとりを眺めていた二階堂さんは、恐る恐る受け取った。

朧は僕の分も淹れてくれる。二階堂さんがじっとお茶を見つめていたので、「美味しいですよ」と声を掛けてみた。

「う、うん」

二階堂さんは、そろりそろりと唇をつける。するとその瞬間、白かった二階堂さんの頬が、ぽっと赤くなった。

「美味しい！　すっごくマイルドだ！」

「良かった」と僕も二階堂さんに続いてお茶を口にする。爽やかな風味で、自然と心がほぐれていく。心なしか、階段の方から聞こえて来る激流の音も、落ち着いたような気がした。

二階堂さんはハーブティーを一気に呷《あお》ると、「おかわり！」と朧にカップを差し出す。朧は黙ってそれを受け取り、追加のハーブティーをよそってくれた。

「はー、生き返る。こっちに来た途端、館内が水浸しでさ。誰かを呼ばないと、と思っても、誰もいなくて——って、そうだ。展示物！」

二階堂さんは弾かれたように立ち上がる。その所為で、舟がぐらぐらと揺れた。

「こんなに浸水してるなんて、展示物が危ない！　展示物を避難させるか、それとも、水を掻き出すか……！」

ああ、どうしよう。と、二階堂さんは舟の上をウロウロし始める。その度に舟が大きく揺れた。

「落ち着け」と朧は言う。だが、「落ち着いていられないよ！」と二階堂さんは叫ぶ。

「ここにあるのは重要文化財だよ!?　次世代に受け継ぐべきものなんだ！　僕らは歴史の語り部を守らないと！」

「落ち着け」と朧はもう一度言った。心なしか、語気が強くなっている気がする。

「ああ、そうだ！　お客さんたる君達も守らなきゃ！　中央の階段は危険だからね。非常階段から避難しよう！　誘導は任せて。俺が舟を押すから！」

「落ち着けと言っている」

それが、朧の最後の警告だった。

落ち着くことなく二階堂さんが舟から降りようとするのと、朧が櫂を手にして立ち上がるのは、同時だった。

二階堂さんが舟の縁から降りようとするので、舟が傾く。朧が、二階堂さんの身体を支えている足目掛けて櫂を振るう。刹那、二階堂さんの身体は見事に一回転し、嘆きの川へと転落した。

「ぎゃー！」

二階堂さんは水の中でもがく。

水かさは、展示物の台座が浸かる程度だ。平均的な身長の成人男性が立ち上がれば、膝の位置くらいだろう。だが、二階堂さんの足はついていないらしい。僕も同じような目に遭ったが、見た目の水深とは違うのだろうか。

僕が二階堂さんに手を差し伸べようとすると、朧が先に櫂を突き出した。二階堂さんが摑むより早く、彼の襟首に櫂を差し入れ、ぶら下げるように救い出す。

「頭は冷えたか」

「はい……」

水を滴らせる二階堂さんだったが、いい男というよりは濡れ鼠《ねずみ》だった。舟の上に下ろされた二階堂さんは、すっかりしょぼくれている。

「えっと、これは夢のようなものなんですって。だから、展示物も大丈夫だし、僕達も大丈夫ですよ」

「そうなの？」と二階堂さんは情けない顔を上げる。

「そ、そうです。唯一大丈夫じゃないのは――」

「お前だ」と、朧はずばり二階堂さんを櫂で指した。

二階堂さんは、展示物達を見やる。水に直《じか》に触れていないのと、見た目は普段と変わりが無いのを確認したかと思うと、深い息を吐いた。

「俺、いつもこうなんだ。必死になり過ぎて、目先のものしか見えなくなっちゃって、先輩や同僚にも迷惑をかけっ放しで」

それは心底よく分かる。僕の知っている限りでは、二階堂さんは、常にテンションマックスで、やや空回りしていた。

「それが、嘆きの原因か」

「嘆き……？　うん。僕の悩みかな……」

二階堂さんはうつむく。だが、突如として顔が強張《こわば》った。

視線の先には、嘆きの川がある。その揺らめく水面に、うっすらと何かが映っていた。

目を凝らしてよく見ると、それは、二階堂さんの姿だった。ただし、船の上から覗き込んでいる姿ではなく、オフィスのような場所で、デスクに張り付いている姿だった。

これは、二階堂さんの仕事風景だろうか。博物館の何処かに、このような部屋があるのだろう。書類の束や本が積み上げられ、その中に埋もれながらパソコンに向かっていた。

かなり遅い時間なんだろうか。二階堂さんの隣のデスクで仕事をしていた男性は、フラフラになりながら立ち上がり、『それじゃあ、先に上がるわ……』と力なく言った。

『お疲れ様っす』と二階堂さんが見送る。きっと、男性は二階堂さんの先輩なのだろう。

先輩が帰ってしばらくした後、二階堂さんは『あれ？』と何かを思い出し、先輩の机の上にあるカレンダーを凝視する。

『やっぱり、今日が印刷所の締め切りじゃないか。先輩、入稿を忘れてるぞ！』

二階堂さんは慌てて、先輩の机の上に積み上がっていた書類を漁《あさ》り始める。それから、目的のものを見つけたようで、入稿とやらの作業と思しきことをしていた。

「や、やめてくれ……。もう、やめて……」

水面を覗き込んでいた二階堂さんは、見ていられないと言わんばかりに両手で顔を覆っていた。

「二階堂さん、これは一体……」

「恐らく、嘆きの引き金となったことだ」

二階堂さんの代わりに、朧が答える。彼もまた、水面をじっと見つめていた。

相変わらず表情が乏しかったが、その瞳には、些かの同情が窺えるような気がした。

この後、何が起こるかを予測しているのだろうか。

水面の中の場面が変わる。

二階堂さんが、先輩に怒られている様子だった。恐らく、翌日以降の出来事なのだろう。

『どうして俺に連絡せず、勝手に入稿したんだ！　あれは、揃っていない原稿のところを、仮で埋めてたのに！』

先輩は悲鳴じみた声でそう言った。既に、印刷所には遅れる旨を伝えてあり、締め切りを延ばして貰っていたのだという。カレンダーに書かれていたのは、変更前の締め切りだったのだ。

『とにかく、印刷所にストップをかけないと……』と、先輩が頭を抱える。

『す、すいません……』

二階堂さんは、すっかり小さくなって頭を下げる。先輩は、盛大に溜息を吐いた。

『本当に、お前が主体になって動くといつもこうだ。碌《ろく》なことが無い！』

『せ、先輩に関しては、初めてです……』と、二階堂さんは弱々しく答える。すると、先輩は苛立《いらだ》ったようにこう言った。

『みんな言ってるんだよ。お前に迷惑をかけられたみんなが！』

みんなが言っている。その言葉に、二階堂さんは衝撃を受けたように目を見開く。

『俺は、みんなに迷惑を……』

しかも、口を揃えて、碌なことが無いと言っていたなんて。

そう言わんばかりの落胆が、水面に映った二階堂さんから伝わって来た。

「面と向かって指摘されたのは、初めてだったんだ……」

船の上の二階堂さんは、すっかり縮こまっていた。うつむいている所為で表情は見えないが、肩が震えているので泣いているのか、もしくは、泣きそうなのを必死に耐えているのかもしれない。

「でも、俺はその前から、みんなに迷惑をかけていて、碌でもないことをしていた……。なのに、みんなは黙っていた……。とても、困っていたはずなのに……」

それが気遣いなのか、諦めなのか、本人達にしか分からない。だが、二階堂さんにとっては、いたたまれないことだろう。

「二階堂さん……」

僕は声を掛けずにいられなかった。丸まった背中に触れようとしたその瞬間、二階堂さんはびくんと身体をのけぞらせた。

「二階堂さん⁉」

「ちょ、あ、あはははははっ」

二階堂さんは、急に身を悶《もだ》えさせながら笑い始める。大変だ。相当に情緒不安定だ。

「せ、背中に、何かいる……！　取って……あはは……くすぐったいって」

「えっ、何か？」

僕が手を出すより早く、櫂を下ろした朧が、白手袋をはめた手を二階堂さんの服の中に突っ込む。

「ちょ、変なところ触らないでぇ！」

「俺じゃない」

朧はそう言って、二階堂さんの服の中から容赦なく何かを取り出した。舟の上に放られたそれは、手のひらに収まるほどの大きさだった。

「蟹《かに》だ」と僕は思わず呟いた。

小さな蟹が、鋏《はさみ》を振り上げながらちょろちょろと木舟の上を歩き回る。二階堂さんは衣服を整えつつ、改めてその蟹を見つめた。

「あっ。お前、無事だったのか」

「お知り合いなんです……？」

僕は二階堂さんに尋ねる。二階堂さんは、「そう！　さっき知り合った！」と頷いた。

「俺が階段にしがみついていた時、こいつが流されて来たんだよ。手を伸ばして掬ったものの、水が次から次へと流れて来て、もう、それどころじゃなくてさ」

蟹はその時、二階堂さんの服の中に潜って難を逃れたのだろう。二階堂さんは、「無事でよかった」と蟹を指先で突っつく。蟹は、かさかさと脚を動かして応じた。

「でも、どうして蟹が？　嘆きの川には、生き物も棲《す》んでるの？」

朧に問うが、「いや」と否定しただけだった。彼は二階堂さんと蟹を交互に見つめつつ、尋ねる。

「この蟹は、何処から来た」

「あっちから流れて来たんだ」と二階堂さんは、別の展示室の方角を指さす。

「なーんか見たことがあるんだよな。研究員の誰かが飼ってたんだっけ……？」

二階堂さんは首を傾げながら、蟹を凝視する。すると、蟹はカサカサと足音を立てながら、置かれている茶釜の蓋の下へと潜ってしまった。

「ごめん、ごめん。驚かせちゃったかな」

二階堂さんは、蟹を気遣うように離れる。だが、蟹が出て来ることはなかった。

「驚かせ過ぎたかな……」

二階堂さんは反省したように言う。僕は身を屈《かが》めて蟹の様子を眺めるが、怯《おび》えているようではなかった。

「寧ろ、蓋の下でリラックスしちゃってるような……」

「ええっ。狭いところに隠れるのが好きなのか。しょうがないな～」

二階堂さんは笑う。だが、ふと首を傾げた。

「んん？　その蓋を被る姿が、妙にしっくりしているというか、見覚えがあるんだけど……」

「そうだろうな」

肯定したのは、朧だった。

彼は再び櫂を摑むと、舟を漕ぎ始める。流れはすっかり穏やかになっていた。遥か遠くにある天井は、わずかな照明が反射して、きらきらと輝いている。

まるで、星空の下を旅しているみたいだ。とはいえ、この川は二階堂さんの嘆きで出来ているんだけど。

朧の舟は、展示室の一角で止まる。あの、二階堂さんが指をさしていた場所だ。展示室の入り口にあるパネルには、『茶の美術』と記されている。どうやら、お茶に関する美術品が展示されているらしい。そう言えば、さっき僕もここに来たっけ。

「通常であれば、展示物を通して深層心理を探るのだが――」

ガラス越しに並んだ展示物を見て、二階堂さんは「あっ」と叫んだ。

「展示物が自らやって来るというのは、稀有《けう》なことだ」

朧は茶道具がずらりと並んだ展示ケースを眺め、そう言った。

朧がいつも使っているような茶釜と、風炉に、柄杓。それと一緒に、小さな蟹がいた。

ただし、その身体は金属で、頭に笹をかたどった輪を被っている。

「『笹蟹蓋置《ささがにふたおき》』だ……！」

二階堂さんは、船上の蟹と、銅で作られたと思しき展示物の笹蟹を交互に見比べる。

蓋を被っていた船上の蟹は、自分の名前に反応するように、顔をひょっこりと出した。

「お前、笹蟹蓋置の蟹なのか……!?」

小さな蟹は、肯定するように鋏を閉じて片手を振り上げる。二階堂さんが震える手を差し出すと、蟹は器用に蓋から出て、その上に乗った。

「蓋置って？」と僕が問うと、朧が口を開いた。

「茶道具の一つだ。その名の通り、茶釜の蓋を置く。主に、日本製のものと、唐《とう》のものを転用しているものがある。この笹蟹蓋置は古銅で出来ていて、唐物《からもの》の転用だ」

どうやら、元々は蓋置ではなく、墨を置く墨台だったらしい。蓋置は千利休《せんのりきゅう》が台子《だいす》皆具《かいぐ》の型を決めるまでは、ほとんどが唐物の寄せ集めだったのだという。

蟹を手に乗せた二階堂さんは、それを頷きながら聞いていた。

「そうなんだ。でも、寄せ集めなのに、一つ一つに味があって、俺はとても好きなんだ。特にこの笹蟹蓋置は、こんなに小さな蟹が一生懸命に蓋を支えている姿が健気でね」

前を通り過ぎる度に、眺めていたのだという。時には、挨拶をすることもあったそうだ。

「それじゃあ、二階堂さんは常日頃からその笹蟹蓋置を気にしてたのか……」

僕や、朧が見て来た人達と同じならば、深層心理が働いて、笹蟹に自分を重ねていたのかもしれない。

「蓋置というのは、茶道具の中では脇役だ。しかし、亭主が点前座《たてまえざ》に着いた時に、最初に客の前に置くものは、この蓋置だ。その存在が彩りとなり、茶の席が豊かになる」

朧の説明に、僕は耳を傾ける。蓋置は金属製だけではなく、竹を使用することもあるらしい。こちらは、利休の発明だそうだ。

蓋置を使う茶の席と一言で言っても、シチュエーションは様々だろう。季節によって蓋置を選べば、茶の席もより洒落の利いたものになるに違いない。

「必ずしも、主役になる必要はない。人も物も、得手不得手というものがある。主体になるのが得意なものもいれば、補佐をするのが得意なものもいる。そして、人の輪を作るのが得意なものもいるし、一人で物事を行うのが得意なものもいる。得意なことは、各々異なる。どれが一番優れているということは無い」

「得意なことは、各々異なる……」

二階堂さんは、蟹をじっと見つめる。蟹もまた、二階堂さんを見つめ返したような気がした。

「その逆も然り。不得意なことも各々異なる。蓋置は湯を沸かせないし、茶を点《た》てることも出来ない。だが、それは個性だ。逆に、茶釜に蓋をしっ放しにしては何も始まらないし、茶碗に蓋を置いては茶が飲めない」

「確かに、蓋を置くのは、蓋置にしか出来ない役目なのか……」

二階堂さんは納得したように相槌を打っていた。朧もまた、深く頷く。

「向かないことを、無理にやる必要はない」

「俺も……そうなのかな」

二階堂さんは、主体になると碌なことをしないと言われていた。きっと、今の段階では主体になって動くのは向いていないのだろう。

朧は、二階堂さんの言葉に頷く。

「お前は、他人を助けたいという気持ちは人一倍あるように思える。補佐に適性はありそうだ」

「蓋置みたいに？」

「そうだな。彩りを添えることは、出来るかもしれない」

二階堂さんはやたらと元気だ。心身ともにクタクタになった時、彼から少しパワーを分けて貰いたくなるかもしれない。

それに、他人の入稿の締め切りを覚えていて、しかも、どうにかしようと動こうとしたのは凄いことなんじゃないだろうか。今回は、先輩に確認を取らず、独断で進めてしまったことがあだになってしまったが、もし、先輩が本当に締め切りを失念していて、それを先輩に思い出させたのなら、すばらしい働きだっただろう。

「見たところ、お前は未熟なようだ」

朧の鋭い指摘に、「ですよね……」と二階堂さんは眉尻を下げる。

「だが未熟というのは、裏を返せば、多くの可能性があるということだ。誰かを助けているうちに、周りが見えてくるようになる。そうすれば、自《おの》ずと余裕も出来、別の選択肢も見えるかもしれない」

「それって、茶席の主役になれるかもしれないってこと？」

「ああ。そうなるかどうかは、お前次第だ」

「だけど、茶席の主役になることだけが正しいわけじゃない」

「そういうことだ」

朧は頷く。蟹もまた、そうだと言わんばかりに小さな鋏を振り上げた。

「その蟹は、お前の身を案じてやって来たのだろう。展示物が自らやって来るというのは珍しい。彼らは、普段からお前を見守っていたのかもしれないな」

「彼らが、俺を……」

二階堂さんは、ぐるりと展示室を見回す。

水面に反射した光に照らされた展示物が、柔らかい輝きを揺らめかせていた。彼らから、二階堂さんに向かって慈愛が降り注いでいるようにも見えた。

二階堂さんが愛情を持って展示物を眺めている時、展示物もまた、愛情を持って二階堂さんを眺めていたのかもしれない。

「そっか。カッコ悪いところも、たくさん見られちゃったなぁ」

二階堂さんはうつむく。落ち込んでいるのかと思って慌ててフォローしようとしたが、覗き込めば、そこに笑顔があった。

「俺もダメダメな人間なわけじゃなさそうだし、これからは、ちゃんとカッコいいところを見せないと」

二階堂さんは、眉尻を下げて微笑む。涙が頬を伝うが、そこには温かさが宿っているように見えた。

蟹は閉じた鋏でそっと涙を拭《ぬぐ》ってやったかと思うと、淡い光を放ちながら消えていく。

二階堂さんは、「あっ」と声をあげるが、蟹は鋏を静かに振っていた。

「本来、あるべき場所へと戻るのだろう」と朧は教えてくれた。

「そっか……」

二階堂さんは、消えゆく蟹を見守る。

その姿は、やがて光の粒になり、ガラスをすり抜け、展示ケースの中に戻って行った。

心なしか、展示物の蟹が活き活きしているように見えた。

「有り難うな……」

二階堂さんの涙は、次から次へと溢れていた。

僕に見せまいと顔を背けるものの、涙が木舟を濡らすので意味がない。しっかり握った拳は、決意の表れだろうか。

そんな様子を、朧は咎《とが》めもせずに眺めていた。

彼は、「嘆きの川の水位は下がった」とだけ呟く。

「だが、舟を出すのはもう少し待とう」

朧は櫂を置いたかと思うと、再びお湯を沸かし始める。柔らかな光が射す展示室に、あの優しい香りが漂い始めたのであった。

第三話

出流と土の住民達

クローゼットの奥から、ギターケースを引きずり出す。
それを床に置いたものの、ケースを開ける勇気すら湧かなかった。

——お前が得意とする楽器を、弾いてくれないか。

朧の言葉が脳裏を過る。一体、どんな意図があってそう言ったのだろう。
僕の実力を試そうとしているのか。それとも、音楽が好きなのか。
人間の文化に興味があると言っていたが、その一環なんだろうか。
一度は助けられているし、たった六文程度の船賃でお礼を済ませたくはない。
だが、楽器を弾くのは——。

「……駄目だ」

ケースを封じている金具に手をかけようとするものの、その手は汗だくになっていた。
心臓がばくばくと高鳴り、口から飛び出してしまいそうだ。

——一週間でも、一カ月でも、一年でも、十年でも、俺が存在し続ける限りは待つ。
だから、弾きたくなった時は、最初に聞かせてくれ。

あの、真っ直ぐな瞳を思い出す。何だか、頭が痛くなってきた。

「いやぁ、重すぎでしょ、朧さん……」

このままギターを封印することは許さないと言わんばかりだ。それなりに腕に覚えがあるとはいえ、僕の演奏にそこまで価値があるとは思えない。

そして、自分が存在し続ける限りはということは、死ぬまで待っているということなんだろうか。

「忠犬ハチ公かよ……」

渋谷駅前のハチ公像を思い出す。

尤も、朧はあそこまで穏やかそうではない。彼の雰囲気は、真っ黒で身体の大きな洋犬に近い。

飼い主を待っているというよりは、地獄の門を守っているみたいだ。

ぶるりと身震いを一つすると、僕はそのまま、ギターケースをクローゼットの奥へとしまったのであった。

その日も、大学帰りに東京国立博物館に向かった。

今日は本館ではなく、東洋館へと向かう。エントランスから展示室に入るなり、大きな仏像が僕を迎えてくれた。

吹き抜けの高い天井の下で、本館以上に静謐《せいひつ》な空気に包まれる。

伏し目がちの穏やかな仏像を見ていると、自然と背筋が伸びた。それと同時に、波が立つようにざわついていた気持ちが、一気に治まっていくのを感じる。

この仏像が作られた時代の人も、こうやって心を穏やかにしていたのだろうか。

神様や仏様はいないと思っているが、こうしていると、彼らが本当にいるようにすら感じる。

もし、彼らがいるのならば、僕はどうすべきかアドバイスも欲しい。

だが、どんなに仏像を見つめても、仏像は答えてくれない。ギターを弾く勇気を出す方法は、自分でどうにか見つけるしかないのだろうか。

「……一先《ひとま》ず、朧には待つのをやめるように言って来ようかな。このままだと、僕の心が休まらないし」

朧の顔を思い出す度に、プレッシャーを感じる。指先から出る変な汗が止まらなくなるので、何とかしたいところだ。

本館に向かうべく、踵を返す。だがその先に、にこやかな顔があった。

「ひぃ！」

「しっ。静かに」

そう人差し指を立てたのは、二階堂さんだった。

「いつの間に後ろに……。もー、ビックリして心臓が止まるかと思いましたよ」

「ふっふっふ。気配は完全に消せたようだね。これは、忍者になれるかもしれないな」

「広報の仕事はどうするんですか……」

「昼は広報、夜は忍者。それで行こう！」

二階堂さんは、声を潜めながら盛り上がる。

「伊賀や甲賀からスカウトが来るといいっすね……」

僕はそのまま、本館に向かおうと歩き出す。そんな僕の後に、二階堂さんもくっついて来た。

「待ってくれよ。解説は要らない？　今日もぼんやりしてた系？　何なら力になろうか？」

「また今度お願いします。というか、二階堂さんはお仕事の途中では……？」

二階堂さんは、資料と思しき紙の束を抱えていた。「あ、うん。先輩のおつかい」と明るく答える。

「まずは先輩のくっつき虫になりつつ、自分のなすべきことをよく知り、それから自分に出来そうなことを見極めようと思ってね。まあ、色んなことが見えてくれば、心にも余裕が出来るだろうし」

「心に、余裕……」

展示室を出たところで、立ち止まる。二階堂さんも、律儀に僕の隣で停止した。

「出流君も、心に余裕が無いのかな？」

顔を覗き込まれたので、つい、目をそらす。僕より数年長く生きている所為なのか、妙なところが聡《さと》い。

「実は……」

「うんうん」と二階堂さんは相槌を打つ。だが、僕が悩みを打ち明けることはなかった。

「やっぱりいいです。僕の話をしたら、その分、二階堂さんの余裕が無くなりそうだし」

「えぇー。ひどくない？　アドバイスする気満々だったのにー」

人生の先輩らしいことをさせてよ、と主張する二階堂さんに、僕は断固として首を横に振った。折角、自分がすべきことが見えた人に、厄介ごとを押し付けるのは気が引ける。二階堂さんは良い人だし、僕の悩みごとも、親身になってくれてしまうだろうから。

「まあいいや。相談する気になったら相談してよ。俺はいつでも待ってるしさ」

「やばい……。忠犬ハチ公が増えた……」

「へ？　ハチ君がどうしたの？」

僕は、「何でもないです」と頭を振った。二階堂さんはどちらかと言うと、ムクムクとした毛並みの柴犬だろうか。

「そうそう。犬と言えばね」

二階堂さんはそう言うと、急に声のトーンを落とす。

「出たんだってさ」

「何が？」

「犬のおばけが」

二階堂さんは、両手を前に出しておばけのポーズをする。

今どきそんな古典的なおばけがいるのだろうかと思いつつも、ついつい、怪談話に耳を傾けてしまったのであった。

犬のおばけの怪談は、要約するとこうだった。

敷地内で犬の声が聞こえたり、犬の影が過ったりするのだという。

そんな話を何処かで聞いたような気がしつつも、二階堂さんが話し終わるなり、僕はこう言った。

「それって、単に迷い犬かお客さんのワンちゃんなんじゃあ……」

「いやいや。東京に迷い犬なんて滅多にいないから！　それに、敷地内にいたら、それなりに騒ぎになってるよ。その上、ここはペットとの入館は出来ないしさ。有り得ない話なんだって」

「なるほど……」

僕は東洋館のエントランスから、ガラス越しに敷地をぐるりと見回す。

東京国立博物館の中庭は広く、犬が駆け回ったらさぞ気持ちよさそうにすることだろう。だが、館内を駆け回られては大変だ。二階堂さん達がてんやわんやすることになってしまう。

「それこそ、ハチ公の幽霊とか……」

「ハチが展示されているのは、『かはく』の方だから！」

国立科学博物館の方角を指さしながら、二階堂さんは言った。

「あ、二階堂君。こんなところにいた」

不意に、第三者の声が掛かる。そちらに視線をやると、開いた入り口からブラウス姿の若い女性がやって来るのが見えた。

「あっ、河合《かわい》さん」と二階堂さんが声をあげる。

「なかなか資料を持って来てくれないから、探しに来たの。——って、あら」

河合さんと呼ばれた女性は、僕の存在に気付いて目を瞬かせる。そして、物腰の柔らかな笑顔をくれた。

「失礼しました。お見苦しいところを。彼とお知り合い……ですかね？」

「あ、いえ、その、そんなようなそうでないような」

「ええー。そこは気を利かせてよー……」

しどろもどろになる僕に、二階堂さんはガックリと項垂れた。

「二階堂君。あんまりお客さんを困らせては駄目。どうせまた、一方的に喋ってたんでしょう」

河合さんは、整えられた眉を吊り上げる。きっちりと切り揃えられた髪と相俟《あいま》って、清潔感と、僅かな神経質さを醸し出した美人だと思った。

先輩の一人だろうか。だが、二階堂さんの態度は、嘆きの川の水面に映っていた男性の先輩に対するそれよりも、些か親しみのあるものだった。普段は、この美人にきっちりみっちりしごかれているのだろう。

二階堂さんはへこへこと頭を下げるものの、顔には締まりのない笑みが浮かんでいる。きっと悪い気はしないのだろう。困った大人だ。

「申し訳御座いませんでした。彼は、先輩である私が責任を以《もっ》て回収していきますので」

河合さんは、二階堂さんの上着をがっしり摑むと、本館に引きずって行こうとする。

「はあ、どうも……」と僕もその後をついて行く。二階堂さんが気になるわけではなく、本館に行こうと思っていたからだ。

「出流君の俺に対する扱いがひどい……」

二階堂さんは資料を抱きながら、ぐすぐすと洟《はな》を啜っている。

「されたのが怪談だったから、つい。展示物の話だったら、フォローのしようがあるんですけど」

「怪談？」

河合さんが聞き返す。

「それって、動く埴輪の話？」

「動く埴輪……？」

僕と二階堂さんの声が重なる。

「いや、僕が聞いたのは、何処からともなく聞こえる犬の声の話なんですけど」

「あら。それは寧ろ、私の知らない話ですね。私が知っているのは、平成館の埴輪が勝手に動き出すっていう話です。警備員が独りで見回りをしていると、あそこの埴輪の影が動くとか、誰もいない廊下を、埴輪が歩いているのを見たとか」

「二階堂さんのよりも、怪談っぽい……」

僕のコメントに、二階堂さんは「ひどい！」と情けない声をあげる。

「でも、埴輪だしな。ミイラならともかく」

「ミイラは、改装前の『かはく』ですね。出所がハッキリしないという理由で、展示を取りやめたっていう話ですけど」

河合さんの話に、朧のことを思い出す。彼は、改装前の国立科学博物館をよく知っていた。

そこまで考えて、いやいやと心の中で首を横に振る。

今は、勝手に動く埴輪の話だ。超常現象っぽいっていう意味では、朧と同じジャンルのような気がするが。

いや、待てよ。

「もしかして、朧に聞いたら何か分かるかも……」

「朧って、あのヴィジュアル系の船頭さんだよね？」と二階堂さんが食いつく。

「ヴィジュアル系ってほど盛ってないと思うけど……」

僕にとって、V系は化粧も衣装もコテコテというイメージだ。朧はアンティークの陶器人形みたいな顔立ちだが、化粧をしている様子も無いし、衣装は実にシンプルだ。

そこで、ふと思い至る。

まさか、僕の演奏を聞きたいっていうのは、バンドのメンバーを募集しているからではなかろうか。

そんな考えが過ったが、すぐに打ち消す。そんな馬鹿な。

「朧――さん？」

朧の名を復唱する河合さんの声に、僕は現実に引き戻される。

「あ、いえ。なんでも……」

「そうそう。河合さんに報告し忘れてたんですけど、俺、すごい体験したんすよ！」

二階堂さんは、目を輝かせながら説明を始めてしまった。

嘆きの川の激流に呑まれかけたこと。そこで、朧に助けられたこと。そして、蟹に心を救われたこと。

僕はハラハラしながら成り行きを見守っていたが、河合さんは声を荒らげることはなかった。ただ辛抱強く、うんうんと相槌を打ちながら聞いていた。

その目は怒りや蔑《さげす》みどころか、慈しみに満ちている。

これは、子供の空想物語を聞いてあげる母親の顔だ。

最早、子供扱いである。いたたまれなくなって、僕は中庭を往く人の数を数え始めた。

「ってわけで、朧さんって超不思議な人なんすよ！　落ち着いてるし、何だか威厳があるし、超ミステリアス男子っていうか。しかも、超美形！　河合さんも会えるんじゃないっすかね！」

二階堂さんは、興奮気味に『超』を三回使って締めた。

「そう。そんなに美形なの。私も会いたいな」

河合さんは同意するものの、あの母親のような目のままだった。二階堂さんは気付かずに、「それじゃあ、今から朧さんを探しましょう！」と目をキラキラさせている。

「その前に」

河合さんは、二階堂さんの上着を強く引っ張る。

「資料を持って仕事場に戻り、仕事を終わらせましょうね。休憩時間は終わり。しっかりきっちり働きなさい」

「ひぃー、すんません！」

二階堂さんはなすすべもなく、ずるずると引きずられていく。僕はそれを、遠い目で見守った。

「……大人って大変だな」

僕は心底同情する。勿論、二階堂さんではなく河合さんにだ。

「――って、しまった。そろそろ閉館時間か」

中庭から出口へ向かう人が多くなっていることに気付く。日は傾き、僕の影もすっかり伸びていた。

「でも、ちょっと会うくらいなら出来るかな。折角来たんだし」

人の流れに逆らい、本館へと足を踏み入れる。あの立派な階段と、厳かな佇まいが僕を迎えてくれた。

ミュージアムショップからは次々と、ショッパーを持った客が出て来る。僕はそんな人達を掻き分けながら、ミュージアムショップの中へと向かった。

中には、まだ、人がたくさん残っている。お洒落な缶のゴーフルを幾つも手にしている人もいれば、埴輪を模したキャラクターのグッズを眺めている人もいる。

だが、何処を見回しても、朧の姿は無かった。

境界の方にいるのだろうか。

そうなると、僕が自由に出入りすることは出来ない。

「そもそも、ここにいるとも限らないし……」

朧は、博物館の間を行き来出来るのだという。

今は国立科学博物館にいるかもしれないし、東京でない場所にいるかもしれないし、日本にすらいないかもしれない。

そう思うと、急に心細くなってきた。

何だろう、この感じ。胸にぽっかりと穴が空いたような感覚だ。再会を前提に話していたが、タイミングが合わなければ、この先も彼に会えないのではないだろうか。

携帯端末があれば簡単に繋がれるこの世の中で、まさか、こんな想いをするとは。

「いや。まだ、諦めるのは早いか」

まだ、ミュージアムショップを見ただけだ。他の場所を歩いているかもしれない。上手くすれば、僕の気配を感じて姿を現してくれるかもしれない。

そんな都合のいいこと、あまり期待は出来ないけれど。

そう思いながら、ミュージアムショップを後にする。展示室には数々の美術品が飾ってあったが、今の僕の頭には、さっぱり入って来なかった。

黒服の人物を見かけては、朧ではないかと見つめる始末だ。

だが、ここにもいない。

美術品が展示されている部屋を出ると、保存や修復についての展示がなされている部屋にやって来た。僕はそこで、つい、溜息を吐く。

本館をぐるっと一周してみるには、時間が少し足りないかもしれない。この博物館は、本館をざっと回るだけでもかなり時間が掛かるのだ。

諦めるか。それとも、見られるところだけ見ておくか。

そんな決断を迫られた時だった。

ワン、と犬の鳴き声が聞こえたのは。

「あれ、今のって……」

辺りを見回すが、犬どころか人もいない。その部屋にいるのは、僕一人だった。

「気の所為かな」

きっと、変な話を聞いた後だからだ。

そう思って気を取り直そうとする僕の耳に、『ワン、ワン』と犬の声が響いた。

「気の所為じゃない……！」

あまりにもハッキリと聞こえるそれに、僕は声のした方を振り向く。だが、当たり前のように誰もいなかった。

本当におばけなんだろうか。そう思うと、背筋に悪寒が走り、回れ右をして逃げたくなる。

だが、本物の犬が紛れ込んでいるだけかもしれない。

そうでなければ、誰かが犬の鳴き真似をしているんだ。

自分にそう言い聞かせて、声のした方をねめつける。展示室の外の、廊下の方を。

「あの先って、もしかして、平成館……？」

あの、埴輪の噂がある場所である。いよいよ、二階堂さんの怪談と河合さんの怪談が一致し始めた。

「まあ、埴輪のおばけはそこまで怖くないと思うけど……」

展示室から出て、平成館へと続く廊下に足を踏み入れる。

その瞬間、僕の足は大いに水に浸かった。しかも膝下まで、どっぷりと。

「えっ？」

足元を見る。

するとそこは、底の浅い川のようになっていた。

「うそっ、どうして？」

辺りはいつの間にか暗くなっている。展示室の方を振り返っても、心許《こころもと》ない光でおぼろげに照らし出されているだけだ。

どうやら、嘆きの川に入り込んでしまったらしい。

だが、どうして。

また、僕の心が嘆いていたとでも言うのだろうか。

「思い当たる節はあるけれど……」

いつまで経っても弦を爪弾く勇気が出ない指先を、じっと見つめる。

「とにかく、朧を探そう。流れに巻き込まれたら大変だ」

今のところ水深は浅く、歩くことは出来た。もう手遅れだと思いながらも、ズボンの裾をまくって進もうとする。

問題は、目的地だ。このまま平成館に向かうべきか、本館に戻るべきか。

『ワン！』

聞こえて来た犬の声に、僕の肩が跳ねる。

薄暗い廊下の向こうから、確かに聞こえた。さっきよりも、ハッキリと。

「だ、誰かいるのか……？」

ざばざばと水音をさせながら、廊下を進む。

平成館に繋がる廊下には、縦に長い窓ガラスが等間隔に嵌《は》められていて、そこから光が射している。外界の光を受けた水は、僕が歩く度に波紋を広げて、白い天井にゆらゆらと妖しい光を反射させていた。

ふと、外を見てみると、木々の隙間から巨大な月が見えた。真っ赤で、血塗られたような満月だった。

僕の背筋に寒気が走る。この世のものとは思えないようなその月を前に、あの世とか冥府とか、そんな単語が頭を過る。

「やっぱり、僕のいた現実の世界と違うのか……。こんな場所なら、犬の幽霊だろうと埴輪のおばけだろうと、いても――」

おかしくない。

そう言おうとした、その時だった。

『ワン、ワン！』

犬の鳴き声とともに、大きな影が僕に覆い被さる。月に気を取られていた僕は、あっけなく組み敷かれた。

「ぎゃーっ、お、溺れる！」

相手を押しのけるようにして、何とか顔だけを水面から出す。だが、触れた感覚は、獣のそれではなかった。

「硬い……？」

妙に硬く、ひんやりしている。

冷静になった僕は、上に乗っている相手を見極めんと視線をやった。

『ワン！』

僕の上に乗っている犬の顔は、細長かった。

やけに顔がのっぺりしていて、眼球の代わりに空洞がある。しかも、首も脚も寸胴《ずんどう》で、実にシンプルなシルエットだった。首には、ちょっといびつな首輪をしている。

巻いた短い尻尾を振りながら、僕に顔を寄せてくるそいつの表皮は、明らかに土製だった。

「埴輪だ！　埴輪の犬のおばけだ！」

『ワン、ワン』

埴輪の犬は、大きく裂けた口を僕に向ける。中はぽっかりと空洞になっているものの、闇が支配していて様子が窺えない。

押し戻そうとしても、埴輪の犬の方が強かった。その上、水の所為で思ったように動けない。

そうしているうちに、僕の顔との距離は、限りなくゼロに近づく。

「ヒィー、食べないでくださぁぁい！」

「ケルベロス、座れ」

聞き覚えのある声がしたかと思うと、埴輪の犬のおばけは行儀よく腰を下ろした。僕の上に乗ったまま。

「重いよ！」

「降りてやれ。そうしないと、そいつは小うるさいぞ」

澄ましていながらも威厳のある声とともに現れたのは、朧だった。舟を操りながら、本館の方からやって来る。

するとと埴輪の犬は、あっさりと僕の上から降りて、すぐそばに腰を下ろした。辛うじて首から上が水の上に出ている程度だが、苦しそうな顔はしていない。というか、表情がサッパリ分からない。

「ああ、助かった……。食べられるかと思った」

「ケルベロスは人肉を食さない。よって、案ずることはない」

朧はそう言いながら、埴輪の犬のそばで舟を止める。

「ケルベロスって……こいつの名前？」

「そうだが？」

朧はさらりと答える。

ケルベロスという名前には覚えがあった。確か、冥府の門の番犬だ。

頭が三つあって、冥府から逃げ出そうとする亡者をバリバリ食べるという魔物だった気がする。

そんな恐ろしい魔物に対して、目の前にいる埴輪の犬は、何というか、間抜け面だった。

「ケルベロスっていう割には、醤油《しょうゆ》顔じゃないかな……」

「お前は顔で差別をするのか」

朧は、座ったままのケルベロスを撫でながら非難する。ケルベロスと呼ばれた埴輪の犬もまた、『クゥーン』と哀《かな》しげに鳴いた。

これでは、僕が悪者みたいではないか。

「でも、せめて頭が三つあった方が……」

「身体的特徴で差別をするな」

朧にぴしゃりと言われ、僕は何も反論出来なくなってしまった。

「……まあ、うん。名前は個人の自由だよな……」

純日本人と言わんばかりの顔立ちなのに、じゅりあんなんていう名前の人もいるかもしれない。僕だって、自分の出流という名前は、「ちょっと気合いを入れ過ぎでは？」と思っているし。

「あっ、朧さん」

「どうした？」

「どうして埴輪が動いているのかとか、どうして嘆きの川が発生したのかとか、知りたいことはいっぱいあるけれど、まずは舟に乗せてくれませんか。このままだと、風邪ひきそうなので……」

水に浸かりながら、思わず敬語になるくらいに諂《へつら》って頼み込む。だが、朧は無情だった。

「ケルベロスの後でな」と水の中で座っているケルベロスに手を差し伸べる。

「犬の、っていうか、埴輪の後!?」

「イズルとケルベロスでは、ケルベロスの方が、付き合いが長い」

「そうっすか……」

確かに、僕達は会ってそれほど経っていない。対して舟の縁に座ってケルベロスを抱きかかえる朧の姿を見ると、かなりの信頼関係が築けているように見えた。

朧は、ケルベロスを船上に座らせてやると、今度は僕に向き直る。

「ほら」

差し出されたのは、腕ではなくて櫂だった。抱きかかえて舟に乗せてやったケルベロスとは、態度が雲泥《うんでい》の差である。

「なんという塩対応……」

「ならば、自力で舟に乗れ」と朧が櫂を引っ込めようとする。

「わー、待って！　すいません。神対応です！　朧さん、優しい！」

「過剰なおべっかは好まない」

朧にぴしゃりと言われ、僕は黙って素直に乗り込むことにした。

木舟の上とはいえ、水の中よりは随分と落ち着く。僕が腰を下ろすと、ケルベロスが尻尾を振りながら、近付いて来た。

『ワンワン』

「な、なんだよ。餌なら持ってないぞ！」

「埴輪は浮世のものを食さない」と朧の鋭い指摘が入る。

「そ、そのくらい分かってるし」

「ケルベロスは、お前を呼びに来たのかもしれないな」

朧の言葉に、ぎょっとする。

「まさか、冥府に……」

「そのケルベロスは、冥府の番人そのものではない」

「わ、分かってるし」

冗談に対して真面目に突っ込まれると恥ずかしい。

「でも、呼ぶっていっても、一体何の用があるっていうんだ。僕が埴輪に出来ることなんてないぞ……」

「それは、行ってから確かめよう」

朧は木舟を巧みに操ると、平成館に向かって静かに漕ぐ。廊下の途中に設置されたソファなんかは、水の中にすっかり沈んでいた。

「うわぁ。あのソファ、座り心地がいいのになぁ」

「浮世に影響があるわけではない。お前が浮世に戻れば、変わらぬソファがお前を迎えてくれるだろう」

「じゃあ、こっちのソファは、ずっとこのままなのか……。そう思うと、何だか可哀想だな」

「……そうだな」

朧は遠くを眺めながら同意する。僕の隣では、ケルベロスが尻尾を振っていた。

のっぺりした顔だが、見慣れると可愛《かわい》らしい気がする。最初は僕を襲おうとしたのかと思ったが、どうやら、そうではないらしい。あれはじゃれついただけなんだろうか。

「えっと、ケルベロス……」

『ワン』

ケルベロスは返事をするように鳴いた。頭を撫でると、気持ちよさそうに尻尾を振る。こちらとしては残念なことに、獣特有のもふもふはなく、ただひたすら、ごつごつとした土の感触だったけれど。

「お前、いい子だな。朧にしつけられたのか？」

「ケルベロスは、最初からそうだ」と朧は櫂を動かしながら答える。

「えっ、そうなの？」

「元々、狩猟犬として飼われていた犬を模したものなのだろう。埴輪は主に、当時の人間とその生活を模したものだからな」

「へぇ……。色んな種類の埴輪がいることは知ってたけど、そうなんだ。でも、当時の生活を記録するために作られたわけじゃないんだよね？」

「死した権力者を葬る時に、人や馬を殉死《じゅんし》させる風習があった。それにとってかわったのが埴輪だ」

「あ……、身代わり的な……」

土製の人や馬などを墓に入れ、実物を殉死させることの代わりとする。埴輪は、人を始めとする生き物の命を救って来たというのか。

「それにしても、そんな時代から、犬って人間の友達だったんだな。そう思うと、付き合いが長い友人のように思えて来たっていうか……」

僕の言葉が分かるのか、ケルベロスは『ワンワン』と嬉しそうに鳴いた。しかし、朧は相変わらず遠い目のまま、ぽつりと呟く。

「犬と人間との歴史は長い。そして、音楽も」

「ど、どうして、急に音楽の話題になるんだよ」

そうしているうちに、木舟が、展示室の中へと入っていく。展示室の中はぽつぽつと照明がついていて、展示物を静かに照らしていた。

朧は質問に答えないまま、展示室の奥へと向かう。

「あっ……」

ガラスケースが並んだ展示室の奥には、広い小島が浮かんでいた。

いや、それは、広さのある展示台だった。辛うじて、水に沈んでいないらしい。

その上には、人影がある。といっても、子供ほどの大きさだ。舟が近づくにつれ、彼らが人間ではないことが明らかになる。

目の代わりに、ぽっかりと空いた空洞。そして、ずんぐりとした体形。硬そうな質感は、紛れもなく固まった土であった。

「埴輪のおばけだ！」

僕が叫ぶと、埴輪達が一斉にこちらを振り向く。

「ひえぇ」

愛嬌がある顔立ちとはいえ、複数体に見つめられるのは心臓に悪い。僕は思わず低姿勢になり、舟の底に身を隠すようにした。

『ワン、ワン』

朧が小島に舟をつけると、ケルベロスは尻尾を振りながら一際大きな埴輪に駆け寄る。よく見ればその埴輪は、腰に剣を下げていて、武装をしているようだった。

「だ、大丈夫かな」

「大丈夫だ」

怯える僕の前に、朧が立ちはだかる。

「嘆きの川を発生させていたのは、恐らく、彼らだ」

「埴輪が、嘆きの川を……？」

「そして、お前が必要だと判断したらしい」

朧は、僕とケルベロスと埴輪達を順に見やる。一体、僕が彼らに何をしてあげられるのだろうか。

武装した埴輪は、ケルベロスをひとしきり撫でると、こちらに向き直る。そして、僕と朧に向かって何かを話し始めた。

「何を言っているんだろう……」

「そうか。古い言語だからお前は分からないのか。ならば、俺が翻訳しよう」

音に全く馴染みが無いわけでもない気がするものの、単語を拾うことすらままならなかった。ここは、古い言語も分かるらしい朧に任せよう。

朧は埴輪に何度も頷き、時に、「成程」と相槌を打つ。やがて、両者が頷き合ったかと思うと、朧がこちらを振り向いた。

「彼らの要望が分かった」

「僕に出来ることだった？」

恐る恐る問うと、「ああ」と朧は頷く。

「それなら良かった。で、何をして欲しいわけ？」

「お前に、音楽を奏でて欲しいそうだ」

「お断りします！」

　即答だった。

　拒絶のニュアンスは伝わったらしく、ケルベロスも武装した埴輪も、元々開いていた口を更にあんぐりと開けている。

「ど、どうして、僕がギターを弾けるって分かったんだよ」

「お前の話を聞いていた他の展示物が、彼らに話したのだろう」

「展示物の情報網、半端ない……」

　一瞬だけ、気が遠くなる。だが、何とか持ちこたえた。

「それにしたって、どうして音楽を奏でて欲しいのさ」

「先日、周囲に聞こえるような音量で音楽を聴きながら、展示物を見ていた輩《やから》がいたらしい」

「マジかよ。音漏れした状態で展示室に入るとか、有り得ないだろ……」

「監視員に注意されて、音楽は中断したようだが」

「まあ、当たり前だよな」

「それを聴いた彼らは、衝撃を受けたそうだ。彼らが知っている音楽と、現代の音楽が異なることに。そして、現代の音楽を聴きながら、一緒に音を奏でたいと嘆いていたそうだ」

朧は、顎で小島の隅を指す。

すると、椅子のような台座に、ちょこんと座っている埴輪がいた。その埴輪は、遠慮がちに僕を見つめる。といっても、瞳は存在しておらず、向けられたのは空洞なのだが。

「あっ……」

その膝には、土で出来た琴のような楽器が載せられていた。それには、見覚えがある。

そうだ。彼も奏者だった。

「嘆いていたのは、あの埴輪か……」

「そのようだ」と朧は頷いた。

「彼は琴を手にしているが、ただの奏者ではない。神事を行う重要人物の一人だったのだろう」

よく見てみると、髪型が妙に凝っている。それなりに地位がある人間を模したのか。細かい表情こそ読み取れないが、その口元は哀しげに歪められているような気もした。

音楽を始めて間もない頃に、洋楽を聴いて衝撃を受けたことを思い出す。

歌詞は分からなくても、音楽から伝わって来る迫力と熱に、ただただ、圧倒された。

異文化に触れるとはこういうことなのだと実感した。

過去の存在が、現代の音楽を聴いた時にも、似たような衝撃に包まれることだろう。

僕が、もっと洋楽を聴いてみたい、そして、楽譜を手に入れて弾いてみたいと思った時のように、彼の中で奏者としての熱が燃え上がっているのかもしれない。相手は埴輪だけど、人間を模して作られたものならば、人間と同じ気持ちになれるはずだ。

だけど、僕は首を縦に振ることは出来なかった。

「ごめん……。僕には、無理だ……」

項垂れる僕の前を遮るように、朧が動く。そして、彼は埴輪達に向けてこう言った。

「この件は保留とさせてくれ。だが、何らかの回答は用意しよう」

朧の舟は、僕を乗せて本館のエントランスへとやって来た。

相変わらず、彼の腕は巧みで、揺れを全く感じさせなかった。とはいえ、今回の水流は、かなり穏やかだったのだが。

「……ごめん」

「何故、謝る」

「埴輪達のために、何も出来なかったからさ。あのままだと、あいつらの嘆きの川は増水しちゃうだろ？」

「彼らは生者ではない。よって、嘆きの川が増水しても、この程度で済む」

朧は、さらさらと流れる川に視線を落とす。

床が見えるほどに水は澄んでいて、水深も浅く、水遊びが出来そうなくらいだ。

「彼らの作り手である生者、そして、彼らに意味を持たせたり、観察していたりする生者のエネルギーが、彼らに嘆きの川を発生させるだけの力を与えているのだろう」

前者は彼らを作った古代人を、後者は僕達を指しているのだろう。

「埴輪が動いたり、意思を持ったりするのも、そのエネルギーの所為ってことか？」

「そうだ」と朧は淡々と頷いた。

「クリエーターのエネルギーっていうのは、何となく分かるけど、こういう風に、博物館に展示されたり、人に見られたりしても、あいつらはそのエネルギーとやらを得られるのか……」

「彼らは、意味を持つことで魂を得る。こうあるべきという定義づけと、定義に則《のっと》った存在であることは、重要なことだ。お前達が、呼吸をして食べ物を食べることと同様にな」

それならば、博物館で展示物として長い間過ごしていれば、彼らもより活き活きするということか。だからああやって、顔は変わらないくせに表情が豊かに見えたのか。

俄《にわ》かには信じ難いことだが、目にしてしまった以上、信じざるを得ない。ここまで来たら、否定するよりも受け入れてしまった方が楽だ。

「それなら、あいつらと僕達は変わらないようなものだよな……。それなのに、僕はあいつらの頼みごとを断って……」

「変わらないわけではない」

朧はぴしゃりと否定した。

「彼らは生者なくして成り立たない。お前達よりも、無力で頼りない存在だ。どんなに嘆いても、嘆きの川は増水しない。精々、この程度で収まる」

「この程度……」

僕が水面を覗き込むと、情けない自分の顔が映った。

「それに比べ、お前をこれ以上葛藤させると、お前の嘆きの川が増水してしまう」

その言葉に、ハッとした。

「朧があそこで引き下がったのは、僕の嘆きの川を発生させないためだったのか……」

「そうだ」と返事をしながら、朧は壁に舟を固定する。

「俺の優先すべきものは生者だ。資格を持たないのに川を渡ろうとする生者を追い返すという使命の一つを全うすべく、嘆きの川の発生を事前に食い止めることも重要な仕事だ」

朧は船上に腰を下ろし、麻袋から茶葉を取り出す。

どうやら、ハーブティーを淹れてくれるらしい。心身を温めてくれるお茶は、今の僕に必要なものだった。

「あいつらは、嘆きの川で溺れないのか……。じゃあ、なんで朧はあいつらを助けようと思ったんだ？」

朧は、風炉の炭に火を点けながら答える。

「人間が作り出した文化には、一定の敬意を払っているからだ」

「使命とか、仕事とかは」

「関係ない。ただの私情だ。敬意を抱き、同情したからこそ手を貸したいと思った」

「そうか……」

淡々とハーブティーを淹れる準備をする朧であったが、言葉の裏に慈しみと、温かさを感じた。

仕事熱心で職人気質《きしつ》だけれど、気難しくて仕事以外には淡白な性格かと思ったが、そうではないらしい。

「だが、個人の感情を優先すべきではない」

朧はそう続ける。僕に向けられた言葉なのに、自分に言い聞かせているようにも思えた。

彼はあの場で、僕にギターを弾けと命じることも出来た。そうすれば、埴輪の要望も満たせるし、朧の願いだって成就する。

それなのに、朧はそうしなかった。彼は私情ではなく、使命を優先した。

僕は、私情を優先して、彼らに手を貸せなかったというのに。

「おい」

僕の目の前に、ハーブティーがずいっと出される。

「あ、ありがとう……」

芳《かぐわ》しい香りが、落ち込んだ僕をゆるりと包み込む。ハーブティーの香りを嗅ぎ慣れているわけではなかったけれど、その感覚は心地よく、心が解きほぐされていった。

「何だか、自分が情けないよ……」

啜ったハーブティーは、程よく温かい。そのぬくもりを感じただけで、涙が出そうになった。

「やらないことによって死ぬわけではないことを、無理矢理やるべきではない。生きている限りは、好機も訪れるだろう」

「もし、一生訪れなかったら……？」

「そう定められたものだったと、諦めるしかない」

朧もまた、ハーブティーを啜る。

「もし、諦めきれなかったら……？」

僕は更に尋ねる。すると、朧は顔を上げて答えた。

「諦めるまで挑戦すればいい。諦めたくないということは、それをしたいということなのだから」

「そう……か」

その言葉を聞いた瞬間、僕の中で何かが納得いったような気がした。冷えていた指先が、少しずつ熱を帯びるのを感じる。

僕は一人頷くと、ハーブティーを飲み干した。

「分かった。ありがとう」

朧は僕に詳しいことを聞かず、「どういたしまして」と答える。

そんな時、遠くから水音が聞こえた。それと、『ワンワン』という犬の鳴き声も。

「ケルベロス！」

ミュージアムショップ――即ち、平成館方面から、犬の埴輪が水飛沫をあげながらやって来る。犬かきをしているようだったけれど、本物の犬のように四肢が器用ではないようで、溺れているようにすら見える。

「どうしたんだ。もしかして、連れ戻しに……？」

「いいや。お前を見送りに来たそうだ」

舟の傍までやって来たケルベロスを、朧はそっと抱き上げてやる。ケルベロスは嬉しそうに、丸まった尻尾を振っていた。

「あまり激しく振ると、取れるぞ」

「取れるものなの!?」

朧の忠告に、僕は目を剝く。

「埴輪だからな」

「ああ……。そこは本来の性質が適用されるんだ」

動いたり鳴いたりする埴輪に、何処まで常識が通用するのか、最早分からない。

船上に下ろされると、ケルベロスは尻尾を振りながら僕に歩み寄る。僕はそっと、その頭を撫でた。

「ごめんな。今日は何の役にも立てなくて」

『クゥ〜ン』

ケルベロスは、甘えるような声を出しながら、僕の手のひらに鼻面を押し付ける。気にするなと言っているようだった。

「はは、逆に元気付けられちゃったな……」

僕は苦笑すると、ケルベロスにそっと抱き付いた。硬いし冷たいし土の感触だったけれど、心で感じるものは、犬のそれと変わらなかった。

「イズル、そろそろ戻れ。閉館時間になる」

「あっ、そうだ。閉館後にうろついてたら、二階堂さん達に迷惑がかかるしな」

それどころか、センサーなんかが反応して、警備会社の人間に来られたら困る。物陰で居眠りをしてて帰り損ねましたという間抜けな言い訳をしなくてはいけなくなってしまう。

ケルベロスが名残惜しげに見守ってくれる中、僕は辛うじて浸水していない、出口へと降り立った。

「今日も、世話になっちゃったな」

僕の言葉に、「ああ」と朧は返す。

「それじゃあ、また……」

「イズル」

朧が手を差し出す。別れ際の握手だろうか。

そう思ってこちらも手を差し出そうとしたが、朧は続けてこう言った。

「六文。お前を出口まで送り届けたから、船賃を貰おうか」

「何だよ、船賃かよ！　受け取れコンチクショー！」

僕は財布の中から小銭を取り出すと、朧の手のひらにしっかりと握らせたのであった。


翌日、僕は講義を終えると、予《あらかじ》め上野駅のロッカーに入れておいたギターケースを持って東京国立博物館へと向かった。

「ああ。もう後戻り出来ないぞ……」

家で練習をしてから来ようと思ったものの、やはり、爪弾く勇気が出なかった。だが、僕にはどうしても、ギターケースを再びクローゼットにしまうことも出来なかった。

諦めたくないということは、それをしたいということ。

朧のその言葉が、僕にギターケースを運ばせ、東京国立博物館へと向かわせる。

勇気はまだ湧かない。でも、こうやって持っていれば、勇気が出た時に弾けるはずだから。

年間パスポートを正門で見せ、閉館間近の駆け込みで入館する。

まずは朧を探さなくてはと思ったが、その手間は省けた。彼が、本館の入り口に佇んでいたからである。

黒い礼服を着た彼は、職員の一人か、博物館の一部であるかのように、その場に溶け込んでいた。支柱に背を預けていたが、僕を見るなり、身体を離す。

「来たか」

「待っていたのか？」

「お前は黄昏とともにやって来る」

「講義が終わって、上野に着くのがそのくらいの時間なもので……」

妙にカッコつけた言い回しに、何だかむず痒《がゆ》くなる。

「決心はついたのか？」

「半々、かな？」と、曖昧に笑ってみせる。

「だが、ここに来たということは、やる気はあるのだろう？」

「僕も……あのままにしておくのは忍びないと思って」

「そうか」

朧はそれ以上尋ねない。踵を返し、館内へと向かう。僕も慌てて、その後を追った。

朧に続いて本館に足を踏み入れると、水で満たされたエントランスに迎えられる。当然のように人の姿はなく、目の前には木舟がつけてあった。

「行くぞ」

「あ、はい……。贅沢《ぜいたく》を言うなら、もう少し心の準備をしたかったかなーって」

「船上ですればいい」

朧は澄まし顔で舟に乗り、櫂を手にした。僕は腹をくって舟に乗り、ギターケースを抱えながら腰を下ろした。

朧が櫂で舟を操り、嘆きの川の上を滑るように進む。途中で、声を掛けて来るものがいた。

『おっ、今日は大荷物だな。そいつは楽器かい？　これから祭か？』

ミュージアムショップの水没したカウンターの上にいたのは、金魚だった。相変わらず、尾鰭を脚のようにして立ち上がり、小さい金魚やら尾のついた子蛙やらを連れている。

「祭……ではないかな。僕の心は、緊張でズンドコしてるけどね」

『そうかい。祭ならば呼んでくれよ！　俺は、屋台を見て回るのが好きでね！』

金魚は胸鰭をぴょこんと持ち上げ、マッスルポーズのような仕草をした。

「ああ、そうするよ……」と答えたものの、金魚がどんな屋台を好むのか、想像もつかない。金魚すくいなんて目にした日には、どんなリアクションをするのだろう。

　金魚のお蔭で少しだけ緊張がほぐれたものの、ミュージアムショップを後にし、平成館に差し掛かった頃には、手に汗をかき始めた。ついでと言わんばかりに、お腹まで痛くなる。

「あのさ、朧」

「どうした」

「境界の中って、トイレは使えるの……？」

「知りたければ、試してみればいい」

「出来るだけ、試すような事態にならないように善処《ぜんしょ》するよ……」

　取り返しのつかないことになったら大変だ。

　そんなやりとりをしているうちに、舟は件《くだん》の展示室に差し掛かる。『ワンワン！』とあの聞き覚えのある声も聞こえた。

『ワンワンワンワン！』

　じゃぶじゃぶと水飛沫をあげながら、ケルベロスがこちらに泳いで来る。

　舟を漕いでいる朧の代わりに腕を差し伸べると、ケルベロスは腕の中へと飛び込んだ。鼻面を頰にぐりぐりと押し付けるという、熱烈歓迎っぷりだ。

「はは……。手加減してくれよ」

本物の犬でいう、舌で舐《な》めるというスキンシップなんだろうか。だが、ケルベロスには舌が無い上に、鼻面は硬い。おろし金でも押し付けられている気分になった。

小島の上から、武装した埴輪が僕達に歩み寄る。

小島に舟をつけた朧は、彼と二言三言交わした。

「イズル」

朧がこちらに声を掛ける。彼が言わんとしていることは分かった。

僕はケルベロスに、「また後でな」と言ってギターケースを手繰り寄せる。ギターをしっかりと守っている金具に手をかけ、それを一思いにこじ開けた。

久方ぶりに、アコースティックギターが僕の目の前に晒《さら》される。

高校時代の相棒だ。中古品なので、僕の前にも相棒がいたに違いない。

「長いこと眠らせて、ごめんな」

ギターにそう囁きながら、両手でしっかりと抱える。ピックケースから愛用していたピックを手にして、準備は整った。

船上でギターを構える僕に、埴輪の視線が注がれる。彼らに眼球は無かったけれど、彼らが『視《み》ている』ことは空気で伝わって来た。

これは、あの時と同じだ。

舞台にいる僕。大勢の観客。失敗をしてしまったあの時の緊張が蘇る。自然と身体が固まり、全身から汗が噴き出すのを感じた。

落ち着け、落ち着けと、呪文のように繰り返す。

だが、自分に言い聞かせれば言い聞かせるほど、気が焦ってしまう。身体はみるみるうちに石像のようになり、ピックを動かすことすら出来なくなってしまった。

ケルベロスが、『クゥン』と不安げに鳴く。こちらを見つめる埴輪達の後ろの方で、弦楽器奏者の埴輪もまた、心許なげにこちらを窺っていた。

展示室の空気が、緊張から不安へと変わる。どんよりとした空気が渦巻く中、澄んだ水のような声が、僕に届いた。

「大丈夫だ」

目線だけ向けると、いつものように落ち着き払った朧がそこにいた。

「誰もお前を責めない」

確信的なその言葉に、ぐんと背中を押された気がした。手がひとりでに動き、ピックが弦を弾く。

アコースティックギターが、久々に音を奏でた。あまりにも久しぶり過ぎて、自分のものではない気すらした。

だが、もう一音奏でれば、違和感は霧散する。

そうだ。これが僕の音だ。指先を動かせば、次々と自分の音が生み出される。それはせせらぎの水音のようで、心地よかった。清流に身を任せて泳ぐ、魚のような気分になれた。

演奏が終わると、展示室はしんと静まり返った。音が波のように引いた空間は、耳が痛くなるほどに静寂に満たされていた。

「えっと……、こんな感じです。今の、二、三年前に流行《はや》ったバラードだから、それなりに現代音楽かなって……」

埴輪の表情を窺うが、よく分からない。置き物に戻ってしまったかのように、皆がぽかんと口を開けていた。

失敗したか。

後悔が頭を過ったその瞬間、『ワン！』とケルベロスが鳴いた。

『ワンワン！　ワンワン！』

ケルベロスは嬉しそうに尻尾を振りながら、嘆きの川の中に飛び込んだ。大きな水柱を作ったかと思うと、ざばざばと派手な音をさせて、舟の周りをぐるぐると泳ぎ始める。

まるで、アンコールをするかのように。

それを切っ掛けに、埴輪達もはっと我に返ったように、拍手をし始める。手が硬いせいで、ゴッゴッという重い音だったけれど、そこにはめいっぱいの賞賛が込められているように感じた。

そんな中、ポロンと弦を奏でる音がした。

埴輪達が一斉に振り向くと、奏者の埴輪が土で作った弦を奏でていた。

物理的に爪弾くことが出来ないはずの弦から、どうやって音を出しているのか。そんな疑問が脳裏を過ったものの、彼らが存在意義の上で成り立っているのと同じで、彼の弦楽器もまた、弦楽器という概念のもとで奏でられているのだろう。

「まあ、細かいことは良いか」

音楽さえ奏でられれば、それでいい。音楽があれば、心が通じ合えるのだから。

僕もまた、ピックを手に、埴輪が奏でる旋律に合わせて音楽を奏でる。二つの音色が合わさり、過去と現代が入り交じることで、懐かしくもあり、心躍るような旋律が生み出される。

それに合わせて、埴輪達は踊り始めた。ケルベロスも、歌うように吠えながら、小島と水中を駆け回っていた。

僕らは時間が経つのも忘れて音楽に浸る。気付いた時には、閉館時間はすっかり過ぎていたのであった。

上空を見上げると、すっかり夜空になっていた。敷地の外にある上野公園の街灯の光が、些か眩《まぶ》しい。博物館の中庭には、当然のように人はいなかった。

「……やばい。まさか、閉館時間をぶっちぎって夜になってるなんて」

声が震えるのを隠せない。僕はギターケースを抱えて闇に紛れながら、こそこそと正門までやって来た。

「っていうか、朧が境界から出る場所を調整してくれなかったら、僕は今頃、どうなってたことやら。ホント、感謝してるよ」

僕の背を押すように誘導してくれた朧の方を振り返る。だが、彼は目を伏せたまま考え込んでいた。

「朧？」

「あ、ああ」

僕の言葉を聞いていたのか聞いていなかったのか、曖昧な返事をする。

朧はずっとこんな調子だ。結果的に、演奏を聴きたいという彼の要望も満たしたというのに、感想の一つもくれない。

気に食わなかったのなら、そう言ってくれてもいいのだけど。

だが、そうではないように思えた。何が彼をぼんやりさせる原因になったのか、さっぱり推測出来ない。いっそのこと、罵られでもした方が良かったのだが。

だが、これだけは言っておかなくてはいけない。

「あのさ、朧」

「なんだ」

「朧のお蔭で、弾く決心がついたんだ。結局僕は、責められるのが怖いからギターを弾けなかっただけなんだって気付けたよ」

「そうか……」

「やっぱりまだ緊張するけどさ。久々に弾けて、本当に楽しかった。あの感覚を味わえたから、きっと次からは、ちゃんと奏でられる」

「なら、良かった」

朧は深く頷く。だが、やはり心ここにあらずといった様子で、覇気が感じられない。

「朧、大丈夫？」

「ああ」と、これは即答だった。僕には、それ以上の追及は出来なかった。

それから、背後を気にしながら、朧の手を借りて門をよじ登る。途中で警備会社の人達がすっ飛んで来ることもなく、何とか敷地の外へと出られた。

ここから先は、朧の出られない領域らしい。門の向こうにいる彼に、絶対的な隔たりを感じる。

「それじゃ、また」と僕は声を掛ける。

「ああ」と朧は頷く。その唇が更に動いたのを、僕は見逃さなかった。

「えっ？」

思わず聞き返すものの、朧は踵を返して去ってしまう。辺りはそれほど暗くないはずなのに、その背中は、あっという間に夜の中へと消えて行った。

境界に戻ったのか。僕は自然と、そう思った。

「それにしても……」

朧の唇の動きを思い出す。彼の声こそよく聞こえなかったものの、彼は確実にこう言っていた。

また会おう、オルフェウス——と。

第四話

出流と冥府の船頭

大学に行く時に使っているバッグの底を漁ると、サークルの勧誘チラシが入っていた。

「あった、音楽サークルのチラシ……！」

チラシには、部室の場所と活動時間が書かれている。手書きのチラシは緩い雰囲気で、描かれたギターが若干いびつなのもご愛嬌といったところか。

リハビリには、丁度良いかもしれない。

ベッドの上には、ギターケースが置かれている。あれから一度も、クローゼットの中にしまっていない。

ギターケース越しに相棒の存在を感じるだけで、思わず顔が綻ぶ。

「待っててくれよ。うちはマンションだから滅多に練習出来ないけど、部室ならばいくらでも弾けるからな……」

ギターにそう話し掛けつつ、チラシの皺を丁寧に伸ばす。明日はこれを頼りに、講義の後にでも、部室に行ってみよう。

「朧にも、お礼を言わなくちゃな」

あの、沈着冷静《ちんちゃくれいせい》な船頭の顔が頭を過る。

だが、あの時は少しおかしくなかっただろうか。僕を送る時、いつも以上に口数が少なかった。

彼の様子を窺うためにも、必ず顔を見に行こう。

そう決意した頃には、時計は午前一時を指していた。家の中はしんと静まり返り、物音一つしない。家族は皆、寝てしまったのだろう。

あの博物館も、そうなんだろうか。

本館の荘厳なエントランスも、重要文化財がずらりと並んだ展示室も、広々とした庭も、誰一人として歩いていない、静寂の世界なんだろうか。

いいや、展示物達がこっそりと動き回っているのかもしれない。その間を、朧が優雅に木舟を操るのだ。表情の乏しい貌に、幾分かの憂いを乗せて。

「……何か、放っておけないんだよな」

他人のことは構うくせに、自分のことは蔑《ないがし》ろな彼が。

他人の嘆きに耳を傾けて手を貸すくせに、自分の素性すら忘れてしまった彼が。

時計の秒針が、コチコチと時を刻む。だが、僕はしばらく眠れそうにない。

開けたカーテンから夜空を、じっと見つめていたのであった。

東京国立博物館に赴いたのは、それから数日後の日曜日だった。

気まずさを胸に、正門の前にいるスタッフに年間パスポートを見せて入館する。

中庭へと足を踏み入れると、薄曇りの空が僕を迎えた。空はぼんやりと明るいが、影をハッキリと落とさせないほどにおぼろげな光だ。

薄雲の向こうに、輪郭が曖昧な太陽が窺える。まるで、朧月のようだと思った。

「はぁ。朧にお礼を言うつもりが、こんなに日が経っちゃうなんて」

「俺がどうした？」

すぐそばでした声に、僕は思わず「ひぃ！」と短い悲鳴をあげる。

見ると、正門が見えるベンチに、礼服の青年がひっそりと腰かけているではないか。

まるで、僕を待っていたかのように。

「朧……！」

「気が――向いたのか？」

朧はじっとこちらを見つめながら、腰を上げる。僕は、その言葉の真意を測りかねた。

どうして、彼はここにいたのか。もしかして、僕を待ってくれていたのか。

そうだとしたら、いつからここにいるのか。僕と最後に別れた日から、待ち続けていたのだろうか。

「え、えっと、ごめん！　ずっとサークルに出ててさ。今日はサークルが無かったから、ようやく来れたって感じで……」

手にしていた紙袋を差し出す。すると、朧は手を出さず、じっと見つめていた。

「そ、その、東京凮月堂のゴーフル……。朧は、好きかと思って。えっと、お礼をしたくてさ」

「お礼？」

「朧のお蔭で、また、ギターを弾けるようになったから。だから、大学の音楽サークル――音楽好きのコミュニティに入ったんだ。今は前みたいに、ギターを演奏出来てる。もう怖くないんだ」

「そうか……」

「それも、朧が背中を押してくれたお蔭だからさ。も、もしお邪魔じゃなかったら、受け取って欲しいなって」

僕が手にした紙袋が、所在なげに揺れる。朧はしばらくそれを見つめていたかと思うと、静かにそれを受け取った。

「気を遣わせた」

「いや、もう少し早く挨拶に来るべきだったんだろうけど……」

僕は苦笑する。だが、朧は何も言わずに踵を返した。

「あっ、境界に戻るの？　それじゃあ、僕も……」

「お前の居場所は、浮世だ」

朧は背中を向けたまま、突き放すように言った。

「えっ。なんだよ、いきなり……」

「浮世で居場所を見つけたのならば、境界に来る必要は無い。もとより、あの場所は生者の居場所ではない」

朧の表情は見えない。だが、相変わらず、あの無表情なのだろう。その証拠に、声は実に淡々としていた。

「そんなこと言うなって。何度か舟に乗せて貰った仲じゃないか」

思わず手を伸ばす。しかしそれは、彼の背中に届かなかった。いや、拒絶の雰囲気に呑まれ、触れることすら出来なかった。

僕達の横を、カップルや親子連れが通り過ぎる。まるで、僕達のことなんて見えていないかのように。彼らの世界と僕達の世界の間に、見えない壁でもあるかのようだった。その証拠に、周りの声はあまり耳に入らない。朧の声だけが、ハッキリと聞こえた。

「あまり俺に関わるな」

「なっ……」

なんで、と続けることが出来なかった。

「俺はもとより、お前達のように肉体に縛られていない。この器も、浮世の原子で構成されているわけではない」

「そ、そんなの何となく分かるさ。おばけみたいなものだろ？　魂的な存在なんだろ？」

そう思えば、やたらと昔のことを知っていたり、展示物と話をしたりするのも納得がいく。

「その魂が、概念の存在を指すならば肯定しよう。だが、主観的な意志の力を指すのならば否定しよう」

「た、魂の定義なんてどうでもいいんだって！　とにかく、そんな……！」

いきなり、他人みたいに接しないで欲しい。僕を拒絶しないで欲しい。

そんな気持ちでいっぱいだった。

しかし、朧は振り向かなかった。濃い闇のような黒髪も、おぼろげな光の下で、輪郭が曖昧になっているような気がした。

しばらくして、朧は静かに溜息を吐いた。

「俺の存在は、お前達よりも脆《もろ》い」

「は……？」

「名前を思い出せなければ、消えるだけだ。情が湧けば別れ辛くなるのはお前だ」

朧は、まるで他人事《ひとごと》のようにそう言った。

「名前が思い出せなければ、消える……？」

「俺はそれまで、辛うじて覚えている自身の役目を全うしようとしているだけだ」

朧はそう言い残して、さっさと本館へと向かう。律儀に、「これは有り難く頂く」とゴーフルの紙袋を提げながら。

僕は、その後を追えなかった。足に力が入らなかった。

消えるまで自身の役目を全うしようとしている。ということは、今まさに、消えゆく過程だということではないか。

「な、なんだよ、それ……」

辛うじて絞り出せたのが、その一言だった。

人で賑わう日曜日の博物館で、僕はへなへなとしゃがみ込んでしまった。


朧が消える。

そんな言葉が頭の中でぐるぐると回る。

僕はおぼつかない足取りで、何とか本館までやって来た。

エントランスに入ると、相変わらず、荘厳な階段が来訪者を迎えてくれる。

当然のことながら、そこは嘆きの川でもないし、見学者が大勢いた。照明は少ないのに、日曜日の日中のエントランスは、いつもよりもずっと明るく見えた。

目だけを動かして、朧を探す。だが、あの礼服の美青年は見当たらない。陽の光に影が掻き消されるように、忽然《こつぜん》と姿を消してしまった。

「多分、境界にはいると思うんだけど……」

見学者用のソファを見つけ、辛うじて空いている席に腰かける。隣では老夫婦が展示物について仲睦まじく話しているが、全く耳に入って来ない。

もし、朧がいなくなったら。

そう考えてみたけれど、今までと全く変わらない世界が待っているだけだった。

気分転換に博物館を訪れて、長い歴史を感じつつ息抜きをして、パネルを眺めてちょっと勉強した気になる。

だけど、この場所には知り合いが出来た。二階堂さんに会えれば、気になった展示物について聞いても良いかもしれない。きっと、嬉々として教えてくれるだろう。

そして、主に気分転換が必要な理由になっていたギターのことも、すっかり解決した。

これからは、練習が捗《はかど》らない時に来るかもしれない。そして平成館へと足を延ばし、あの埴輪の奏者やケルベロスの姿を見に行くだろう。彼らの前に行けば、自然と、奏者としての誇りを取り戻せそうだから。

「……そうか。僕は以前とは違う」

朧がいなくなっても、前とは違う世界が待っている。

だがそれは、朧がもたらしてくれたものだった。

彼とともに二階堂さんを助けることで、二階堂さんの事情を知り、いい知り合いになることが出来た。彼とともにケルベロスに導かれたことで、埴輪達の事情を知り、再びギターを爪弾くことが出来た。

いずれも、彼の存在なくして成り立たないものだった。

「消えるなんて、軽々しく言うなよ……」

博物館に入る度に、いつの間にか、朧の存在を探していた。きっと、他の博物館でもそうだろう。役目を終えたもの達が、新たなる役目を担う世界で、あの境界の番人たる船頭を探すことだろう。

僕にとって、いつの間にか、朧の存在は大きなものとなっていた。

「嫌だ……。僕は、あいつが消えるなんて……」

だが、どうすればいい？

名前を忘れた者は消えると言っていた。ならば、名前を思い出せばその危機を回避出来るのではないだろうか。

でも、僕は彼の本名など知らない。

「どうすれば……」

「どうしたんだい？」

不意に声がした。顔を上げると、そこには二階堂さんが立っていた。

「やあ。何だか久しぶりだね。今日は勉強？　気分転換？　それとも、朧さんにでも会いに来た？」

二階堂さんは、へらへらと締まりのない笑みを浮かべる。照明の所為で、彼から後光が射しているように見えた。

「二階堂さん……」

「えっ、もしかして俺に会いに？　うひょー。嬉しいなぁ――なんちゃって」

二階堂さんが冗談っぽく笑うのも気にせず、彼にすがりつく。僕よりも少しだけ大きくて意外と硬い右手を取り、祈るように握りしめる。

「ちょ、え、どうしたの？」

目を白黒させる二階堂さんに、吐き出すようにこう言った。

「お願いです。どうか、知恵を貸してください！　朧を消さないためにも！」と。

　立ち話もなんだし、休憩中だからと、二階堂さんはレストラン・カフェまで案内してくれた。本館よりも奥まった場所にある、法隆寺宝物館《ほうりゆうじほうもつかん》のガーデンテラスだった。

　法隆寺宝物館は、大きくてシンプルな、白い箱のような建造物だった。余計なものは取り払い、大事なものをしっかりと守ることに特化した宝箱のようにも思えた。

　周囲は水に囲まれている。浅い池だったけれど、日光を反射してキラキラと光る様子は美しかった。それが建物に映る様は、照明を反射して天井に波紋を映し出す嘆きの川のようだった。

　館内はしんと静まり返り、耳が痛くなるほどだ。時折、見学者の声が聞こえてくるが、それも声量を抑えたひそひそ話だった。

　そんな場所では、流石の二階堂さんも、声と身振りが小さくなる。

「ここにあるのは、法隆寺の重要文化財でね。そして、勉強するスペースと、喫茶店もあるんだ」

　ガーデンテラスは、ガラス張りの喫茶店だった。スペースこそそれほど大きくないもののの、眩しいくらいに白いテーブルクロスのかかったテーブルとシックな黒のチェアが上品なコントラストを成していて、僕の背筋は自然と伸びた。

　二階堂さんと僕は、ウエイターに促されるままに席に着く。

「好きなものを選んでいいよ」と二階堂さんは言ってくれた。いいお値段の食事に目が行くが、今はランチの時間でもないし、空腹でもなかった。それに、二階堂さんのお財布も心配だ。

「じゃあ、ケーキセットで……」

「それじゃ、俺もケーキセット」

　僕はコーヒーとモンブランを、二階堂さんは紅茶とショートケーキをオーダーした。

「モンブランかぁ。出流君は甘いのが好きなの？」

「まあ、それなりに……」

「俺も好きなんだよね。とりあえず、今日は苺《いちご》の気分」

　二階堂さんは、女の子みたいにウキウキした声でそう言った。

「ねえ、出流君。朧さんだったら、何を頼むかな」

「モンブランかショートケーキか、あとはチーズケーキ……」

　メニューを眺めながら、朧の顔を思い出す。

「いや、季節限定のケーキを頼みそうですね……。淡々としてるけど、情緒を大事にしそう。季節の変化が楽しめるものを選びそうな気がします」

「そっかぁ。出流君は、ずいぶんと朧さんのことを知ってるみたいだね。本当に、仲が良いんだなぁ」

二階堂さんはしみじみとそう言った。もしかして、今のは僕を試していたのだろうか。

「まあ、僕の見解が合っているか分かりませんけど……」

「そこは、後で本人に聞いてみればいいよ」

二階堂さんは姿勢を正し、僕としっかりと向き合う。

「で、どうしたのさ。朧さん、どっかに行っちゃうって？」

「……いいえ。多分、そういうことじゃないと思います」

僕は周囲を見回す。時間が早いお蔭で、まだ、席がまばらに埋まっている程度だった。ガラス張りの窓の向こうでは、緑がさわさわと揺れている。普段なら揺らめく葉のリズムに意識を向けるのだけれど、今はそれどころではない。

声を潜めながら、二階堂さんに事の次第を説明する。言葉にすると、何とも不思議な話だった。

浮世と常世の境界の世界があり、木舟を漕ぐ船頭がいて、その船頭は自分の本当の名前を忘れていて、思い出せなければ消えてしまうのだという。それを語った時のニュアンスからして、死ぬとかいなくなるとか、そういうことではなく、文字通り、消滅してしまうのだろう。

改めて口にすると、現実の話をしているはずなのに、作り話でもしているような気になって来た。

だが、二階堂さんは否定することなく、黙って頷きながら聞いてくれた。

「成程。不思議な人だなーとは思ってたけど、そんな事情があったのか……」

不思議な人だなー、で済む二階堂さんの方に、僕は驚きが隠せない。

「僕は、朧に消えて欲しくないんです。でも、彼の本名なんて知らないし……」

「キーワードは、境界、嘆きの川、船頭、船賃ってところかな。船賃なんかはさ、何だか、三途の川の渡し賃みたいだね」

「あ、そうか。六文銭って、死者と一緒に埋葬するやつでしたっけ」

「そうそう。今は、紙で六文銭を模したものを一緒に火葬するんだけどね。まあ、文《もん》なんて使わなくなっちゃったし、金属を火葬場で焼くのは禁止されてるし、貨幣を損ねると罰せられちゃうし。でも、作り物の六文を持って行って、閻魔様《えんまさま》に怒られたら困るなぁって俺は思ってるんだよね」

微妙に脱線しながら、二階堂さんは僕に解説してくれた。

「三途の川には、渡し守がいるんだ。渡し守に六文を払えない人は、奪衣婆《だつえば》っていうおっかないお婆さんに、服をはぎ取られちゃうわけ。お婆さんに脱がされるとか、滅茶苦《めちゃく》茶《ちゃ》セクハラじゃない？」

「はぁ、まあ……」

河鍋暁斎《かわなべきようさい》の『地獄極楽図』に、その奪衣婆が描かれているのだという。それも、東京国立博物館の所蔵品だそうだ。

「でも、俺達が迷い込んだ川に、奪衣婆はいなかったよね」

「もしいたら、僕も二階堂さんも心に傷を負ってましたよね」

「確かに……」

想像してぞっとしたのか、二階堂さんは顔を青くしていた。

「それに、三途の川じゃなくて嘆きの川か……」

「六文銭っていうのも、この国に合わせたというようなことを言ってましたし」

「そうか。海外からやって来た人か……」

最早、人なのかどうかすら危ういが、二階堂さんは真剣な顔でそう言った。

僕も、二階堂さんを手伝うべく、朧との会話からキーワードを探し出す。彼の言葉の大半は、謎めいたものだった。その中から、気になることと言えば——。

「あっ、そう言えば、ネーミングセンスは独特でした。犬にケルベロスっていう名前をつけてたし」

「ケルベロスって、あの、頭が三つの？」

「名前をつけられていたのは、犬の埴輪ですけどね。平成館にいる、あの可愛いやつ」

あー、と二階堂さんは声をあげる。すぐに思い当たったようだ。

「ケルベロスっていうか、ポチって感じだよね、あの子は。冥界の番犬って感じはしないよー」

苦笑した二階堂さんは、ふと、真顔になった。

「そうか、冥界か……。三途の川は嘆きの川で、あの世は冥界……」

「あと、ギターを弾き終わった僕に対して……」

埴輪とともに演奏をした時のことを思い出す。あの、朧らしからぬ呆《ほう》けた顔と、彼の唇から紡がれた単語を。

「オルフェウスって――」

「ギリシャ神話だ！」

二階堂さんの声が反響する。周りのお客さんが一斉にこちらを見たので、二階堂さんは「すいません！」と同じトーンで謝罪した。

「ギリシャ神話……」

「そう。ケルベロスやオルフェウスっていったら、ギリシャ神話の登場人物さ。いや、ケルベロスは犬だから、登場犬？」

どうでもいいことにこだわりつつ、二階堂さんは話を進める。

「ギリシャ神話にも、渡し守はいるんだ。死者に渡し賃を添えて葬らないと、渡し守が冥界まで運んでくれなくてね。後回しにされちゃうから、どうしてもっていう場合は自力で境界トライアスロンをしなきゃいけないのさ」

「境界トライアスロン……」

思わず復唱してしまう。さらりと出されたパワーワードを受け流す度胸は、僕には無かった。

「渡し守のいる川は確か、憎悪の川ステュクスもしくは、支流となる嘆きの川アケローンだった気がする」

「嘆きの川、アケローン……」

朧は、嘆きの川は支流だと言っていた。彼の話と、二階堂さんの話は一致する。

「その渡し守が、朧だっていうことなのか……？」

「その可能性は高いね。あのハーブティーも、後で調べてみたら、ギリシャで飲まれているものらしいってことが分かったし。あの時は、どうしてギリシャのハーブティーなんだろうと思ったけど」

「でも、どうしてギリシャ神話の渡し守がこんなところに？　あ、いや。朧は各地の博物館に行けるのか。でも、どっちにしても、本来の嘆きの川から離れて、フラフラしてるってことだよな……」

「ギリシャ神話の神々は、もう、信仰の対象じゃないだろうからねぇ」

僕の後半の独白に、二階堂さんはぼやきで返答してくれた。

「え、そうなんですか？」

「あっちの現在の宗教事情はそこまで詳しくないけど、今はほとんどがキリスト教なんじゃないかな。ギリシャ神話に関しては、信仰の対象というよりも昔話に近いんじゃない？」

そうだった。今、世界で最も信者の多い宗教は、キリスト教だ。

「じゃあ、ギリシャ神話の神様達は、寂しいでしょうね」

「神様として信仰されなくなったら、神様は神様じゃなくなるわけだしね。まあ、縛られるものが無くなって、意外とバカンスにでも行ってるかもしれないけど。ゼウス様はハワイでサーフィンしてるかもしれない」

二階堂さんは、うんうんと頷く。

僕は朧の話を思い出した。

人間がどのような歴史を積み重ねて来たのか。どのような想いを抱いて生きて来たのかが興味の対象と言っていたから、彼はフリーになった後、博物館を転々としているのかもしれない。

「そうだ。そこまで絞れているなら、渡し守の名前も分かりますよね！」

「うん、まあ……」

「教えてください。その渡し守の名前は⁉」

僕は身を乗り出す。二階堂さんは、僕に聞こえるようにハッキリとこう言った。

「カロン。闇と夜の間に生まれし、冥界の渡し守」

冥王星の衛星の名前にもなったね、と二階堂さんは付け足す。

「その名前なら、聞いたことがあります。ファンタジー系のゲームか何かに登場してたのかも」

まさか、朧がそのカロンだとは。俄かには信じ難い。

「そうだね。若干マイナーだけど、多少ファンタジーに造詣《ぞうけい》があれば知っているレベルだと思う。まあ、伝説のカロンはあんなイケメンじゃなくて、おっかないおじーちゃんだっていうけれど」

「何代目かの可能性は……」

「うーん、どうだろう。時代のニーズに合わせたっていう説を俺は推すよ」

二階堂さんは、無駄に拳を強く握って力説する。

「まあ、どっちでもいいや。それが朧の本当の名前ならば、教えてあげれば消えなくて済むんでしょうし」

「でも、どうして忘れたんだろう。自分の名前なんて、滅多に忘れるものじゃなくない？」

二階堂さんの疑問に、立ち上がろうとしていた僕は姿勢を戻す。

そんな僕の前に、ウエイターがコーヒーを持って来てくれた。オーダーしたことをすっかり忘れていた。

「ギリシャ神話の時代って、相当前じゃないですか。きっと、年だから……」

「とはいえ、名前なんて重要なものじゃないか。無ければ消えちゃうんだったら、俺らの心臓と同じだよ。俺はうっかり屋だけど、流石の俺も、『心臓を忘れちゃいましたテヘヘ』なんてやらないよ」

「そんなポップなノリでスプラッタをやられたら、河合さんが卒倒しそうですね」

「河合さんだったら、鷲掴みにして持って来てくれた上で、俺に懇々《こんこん》とお説教をしてくれると思う……」

「ひどい絵面だ……」

想像しただけで、生きた心地がしなくなる。

「でも、名前を思い出させて叱るにしても、上位の神様たるゼウスさんはバカンス中だから駄目か……」

「カロンは冥界の所属だから、上司は冥王のハデスさんになるのかな。ハデスさんは、今、何をやってるんだろ。ハワイって感じじゃないから、奥さんと地底湖巡りかなぁ」

ハワイでバカンスに比べて、かなり渋い隠居生活になってしまった。

「まあ、ギリシャ神話の神々の今はさて置き、年月の所為で忘れちゃった説は有力じゃないと思うんだよ。そんな重要なもの、きっと大事に覚えておくと思うんだ」

「それなのに忘れたということは……」

僕の脳裏に、或る可能性が浮上する。しかし、それは彼の生き方と相反するものではないだろうか。

「意識的に、忘れようとした――とかね」

「それは……」

無いと言いたかった。

朧は、自ら死に向かおうとする生者を諫《いさ》めようとしていた。生者を追い返すのも仕事の一つだと言っていた。

だが、彼が彼自身を忘れようとしているのならば、それは自ら死に向かおうとしている者と変わりがないのではないだろうか。

冷静になってみると、彼の行動は、それを裏付けるものが多かった。

何せ彼は、自分に執着していないではないか。他人のことは気にするのに、自分の名前を思い出そうとはしなかった。

断片的な手掛かりは、ちゃんとあるのに。朧の洞察力を以てすれば、幾らでも調べようがあったのに。

「僕は……どうすればいいんだ」

朧に名前を教えるべきか。それとも、そのままにしておいてやるべきか。だけど、どんなに後者を望まれても、僕は受け入れられる気がしなかった。

「朧は、何を考えているんだ……」

「出流君」

うつむく僕に、二階堂さんが優しく声を掛けてくれる。

「少し、場所を変えようか。他にも話したいことがあるし、俺も、朧さんのことを一緒に考えたい」

「良いんですか……？」

「だって、俺も朧さんに救われてるし、恩返ししなくちゃ」

二階堂さんは、へらりと微笑む。相変わらず締まりがない笑顔だったけれど、この時はとても頼もしく見えた。

「名前を知ることを、朧が望んでないかもしれませんよ……」

「えっ。それは困るなぁ……。でも、消えられるのはもっと困るなぁ……。彼は俺の知らないことをたくさん知ってそうだし、色んな話を聞きたいんだよね。それにまた、彼のハーブティーを飲みたいし」

「……僕もです」

しょんぼりする二階堂さんに、僕はつい笑ってしまった。

二階堂さんも、つられるように笑う。

「それじゃあ、二人とも朧さんがいなくなると困るってことで一致したね。方向性は見えたし、じっくりと煮詰めようか」

「そうですね」

僕は頷く。二階堂さんのお蔭で、だいぶ心が軽くなった。

「その前に、俺達にはやらなくてはいけないことがある」

二階堂さんが、急に真顔になる。僕が構えると、その前に、ウエイターがモンブランを置いてくれた。そして、二階堂さんの前にはショートケーキが置かれる。

「まずは、ここのケーキを食べなくちゃ。ホテルオークラのケーキだからね。心してじっくりと味わうように」

二階堂さんは、戦いに挑む表情でそう命じる。だが、切り崩したショートケーキを口にした瞬間、その顔は今までの中で最も締まりのない、蕩《とろ》けたような顔になってしまったのであった。


二階堂さんに連れられてやって来たのは、平成館だった。

平日の閉館間際とは違い、大勢の人が訪れていた。親に連れられてやって来た子供が、大はしゃぎで埴輪を眺めている。ご年配の集団は、添えられた解説と展示物を見比べながら、小さな声で彼是《あれこれ》と語り合っていた。

「朧さんとは、待ち合わせをしてたの？」

頭部がハート形の埴輪を眺めながら、二階堂さんは唐突に問う。

入り口前で会っているところを見られていたのかと思い、「いいえ」と答えた。

「特に約束はしてないです。というか、いつも偶然出会う感じで……」

「そっか」と二階堂さんは納得したようだった。

「何か、気になることでも？」

「うん。朧さんね、ここのところ、ずっと正門が見えるところにいたんだ」

「えっ」

思わず声をあげてしまった。

「といっても、俺が知ってる範囲で——だけどね。多い時だと、一日に三回くらい目撃したね。本館のエントランス前の階段とか、門のすぐ近くとか。最初は、本館のエントランスにある階段に佇んでいるのを見たんだけどさ。そのうち、本館の出入口じゃなくて、正門を眺めるようになっちゃって」

まるで、待ちぼうけをしているようだったと、二階堂さんは言う。

「そうか。あそこにいたのは、偶然じゃなかったのか……」

「出流君を待ってたんじゃないかな」

「まさか。どうして……」

でも、そうとしか思えない。

朧の領域は境界だ。そこから出て、舟にも乗らず、浮世にずっといるなんて。

「出流君を見て、オルフェウスって言ったのと何か関係があるのかも」

「オルフェウスって、そもそも、どんな神様でしたっけ……」

ギリシャ神話の神々を何となく知っているものの、しょせんはサブカルチャーから得た知識である。偏りがあり、心許ないものだった。

「オルフェウスはね、吟遊詩人《ぎんゆうしじん》にして竪琴の奏者。彼が奏でる音色は美しく、全てを魅了するほどだったんだってさ」

「そうか、同じ弦楽器の奏者だったんだ……」

といっても、オルフェウスと僕とでは月とスッポンだし、実力は雲泥の差がある。

「で、もう一点気になることがあったんだけどね。朧さん、ずっと見ていたものがあったんだ」

二階堂さんは、僕を展示室のあるエリアに導く。

ガラス張りの展示ケースに収められていたのは、青銅で作られていると思しき筒だった。その前には、小さな鏡や装飾品が並べられている。ガラス越しだが、静謐であり厳かであり、思わず手を合わせたくなる雰囲気を持ち合わせていた。

「これは……？」

「経筒《きょうづつ》だよ。経塚《きょうづか》から出土したんだ」

「経塚？」

曰《いわ》く、平安時代から江戸時代にかけて、仏教の経典を埋めて守り伝えるために作られた塚なのだという。

釈迦の死後、二千年後に仏法の力が衰退し、末法の世になると信じられていた。そして、五十六億七千万年後に弥勒菩薩《みろくぼさつ》が現れ、再び仏法が栄える時代が到来するため、それに備えて経典を保管しようとしたのだという。

「まるで、タイムカプセルですね……」

「そういうこと。だから、その当時で考えられる長持ちをしそうな素材で経筒を作り、そこに必要な物を保管したのさ」

二階堂さんは、厳かに展示されている経筒を遠い目で見つめる。

因みに、経塚は経筒以外にも、一字一石経という、お経を一字ずつ小石に記したものもあるのだという。そちらの方が経筒よりも時代が新しく、江戸時代の辺りに流行したそうだ。

「でも、どうして朧が仏教のタイムカプセルを見ていたんだろう。カロンだとしたら、仏教は関係ないんじゃあ……」

「まあ、人類には共通のイメージがあるからね。もしくは、元々は一緒だったのかもしれない。三途の川と憎悪や嘆きの川は似ているし、渡し守だって両方に存在している」

「あ、そうか……」

僕は改めて、経塚に収められたものを見つめる。経筒に仏像、鏡と瑠璃玉《るりだま》と銅銭である。共通するのは、宗教的に重要そうということぐらいだった。

「くっ、もう少し仏教のことを知っておけば……。大事なものっぽいことは分かるんだけど……」

「それじゃないかな」

二階堂さんは人差し指を立てる。

「どれですか？」

「大事なものだよ。朧さんにとって大事なものが……」

「溢れ出した感じ……？」

経筒には、屋根のような立派な蓋がついている。きっと、塚に埋まっている時は密封されていたのだろう。収められていた品々はすっかり緑青色になっているものの、観音様の像からは、その表情の穏やかさが読み取れる。

「ずっと蓋をしていたものが、掘り起こされたってことか……？」

そんな自分とこの経塚の出土品を、重ね合わせたに違いない。

その大事なものは、何が切っ掛けで掘り起こされたのか。原因は、もしかしたら、僕の演奏なのかもしれない。僕の演奏を聞いた直後、朧の様子がおかしくなってしまったのだから。

だけど、経筒はただの宝箱ではない。

もっと、朧の複雑な想いが絡まっているのではないだろうか。

「本人に聞くしか、無いな……」

「よし、そうと決まれば朧さんに会おう。で、何処から行けばいいのかな？」

二階堂さんは、決意に目を輝かせながら問う。だが、僕は答えを持っていなかった。

「え、どうすればいいんだろう。境界に上手く入る方法、知らないんですよね。朧が浮世に出て来るのを待つしか……」

「館内放送、してみる？」

「こんなところで職権を乱用しないでください……」

それに、館内放送をして出て来るような相手ではない。

困った。これでは手詰まりだ。

頭を抱える僕の耳に、聞き覚えのある声が響いた。

『ワン！』

「えっ、ケルベロス？」

僕はそちらを振り向く。すると、展示室の出口で、犬の埴輪であるケルベロスが尻尾を振っていた。

「お前、ただの埴輪に戻ったかと思ったのに……」

『ワンワン』

ケルベロスは元気よく咆《ほ》える。他の見学客のことなどお構いなしだ。

「ちょ、まずいって。今はお客さんが……」

「出流君、誰と話してるの？」

二階堂さんが首を傾げる。今まさに、彼から見えるところで、犬の埴輪が尻尾を振っているというのに。

「二階堂さん、見えないんですか？　そこに、ケルベロスがいるのに」

「ケルベロスって、あの三頭の犬!?」

「あ、いえ。埴輪の方です」

身構える二階堂さんに、僕はフォローを入れる。

だが、二階堂さんはきょろきょろするばかりで、ケルベロスの姿が捉えられないらしい。その様子を眺めていると、学生と思しき男子数人が、話をしながらケルベロスのすぐ脇を通り過ぎて行った。

「そうか、僕にしか見えていないのか……」

「えっ、なにそれ。ずるいよ、出流君！」

俺も埴輪のわんこが動いているところを見たい、と二階堂さんは嘆く。

『ワンワン、ワンワン！』

「こっちに来てくれって言ってるみたいですけど……」

ケルベロスは、必死に何かを訴えているようだった。僕は二階堂さんとともに展示室の外へと向かう。すると、ケルベロスはくるりと身を翻した。

「あっ、待って！」

慌てて追おうと、展示室から一歩踏み出す。

途端に、照明が一気に落ちた。

「えっ」

いや、そうではないことに気付く。何故なら、足から膝のすぐ下まで、一気に水に浸かったからだ。

「嘆きの川……」

とっさに隣を見やる。

しかし、二階堂さんはいなかった。僕だけがケルベロスに導かれたということか。

「ここからは、一人でやらないと」

『ワンワン』

「あ、うん。一人と一匹だね。ケルベロスが一緒だ」

『ワン！』

ケルベロスは嬉しそうに吼えた。そして、犬かきのような動きをしながら、水で満たされた廊下を往く。

「そっちに、朧がいるのか？」

『クゥン』

少しだけ元気のない返事である。まさか、朧の身に何かが起こっているのだろうか。

そして、この嘆きの川は、誰のものなのか。

「足を突っ込んでるから分かるけど、これ、増水してるよな……」

先ほどまで、辛うじて膝が水面から出ていた。

しかし、この短時間で、あっという間に膝が水の中に没していた。

流れも穏やかではない。立っているのがやっとである。

「行かなきゃ」

本館に向かう廊下から、どうどうと激しい水音が聞こえて来る。最早、嫌な予感しかしない。

今は、頼りになる渡し守もいない。まさか、生きながらにして境界トライアスロンに挑むことになろうとは。

だが、行かないという選択肢はなかった。朧が困っているとしたら、手を貸さなくては。

それが、彼に導かれた自分の恩返しだ。六文とゴーフルでは足りない恩を、今ここで、返さなくては。

『ワン！』

あと少しで本館というところで、先を泳いでいたケルベロスが吼える。僕は思わず身構えた。

刹那、どうっという轟音《ごうおん》とともに、波が押し寄せる。呆気《あっけ》なく足が攫《さら》われ、水の中へと放り出された。

足を着けようとするが、床の感触が無い。いきなり増水したのか、それとも、完全に呑まれてしまったのか。

手をばたつかせるが、水面から出ているのか出ていないのか分からない。手はむなしく空《くう》を切り、身体はどんどん沈んでいく。

何ということだ。何と無様なことか。

——朧……！

届かぬ手から、力が抜ける。そのまま意識を手放しそうになったその瞬間、僕の身体は、唐突に宙へと浮いた。

「うぶっ！」

周囲にあった水が無くなったかと思ったのも束《つか》の間で、固い地面へと放り出される。

「ごほっごほっ」

咳《せ》き込む度に、肺から水が込み上げて来るのが分かった。肩で息をしながら酸素を取り込み、自分の今の状況を把握する。

『クゥーン』

ケルベロスが、心配そうに鼻面を寄せて来る。僕とケルベロスの身体は、見慣れた木舟の上にあった。

「何故、お前がここにいる」

櫂を手にしながら見下ろしていたのは、黒髪の青年——朧だった。

立ち上がろうとするものの、身体に全く力が入らない。仕方ないので、しゃがみ込んだまま答える。

「君を、助けに来たんだ」

「助けられたのはお前だ」

「おっしゃる通りです……」

淡々と言われ、僕は小さくなるしかなかった。しかし、朧はそれ以上何も言わず、櫂を手にしたまま背を向ける。

「出口まで送ろう」

「待ってくれ！」

僕の制止も聞かず、朧は舟を漕ぎ出す。

廊下を抜けると、そこは本館の展示室だ。高い天井に、照明を反射した波紋が揺らいでいる。

いつもは優雅で幻想的なそれも、今日は何処か違っていた。心を揺さぶるかのように、光は激しい波を描いている。展示台も、完全に水を被っていた。いつもなら無事な展示物も、今や何割かが水に浸かっている。

「嘆きの川が増水している……。これは、誰の嘆きなんだ」

「お前じゃない。安心しろ」とだけ朧は答える。

「それじゃあ、嘆いている誰かが他にいるってことだな？」

踏み込んだ質問をするものの、朧は答えなかった。

だが、それが逆に答えになった。他人が溺れているのならば、朧は真っ先に助けに行くだろう。彼が後回しにするのは、彼自身だ。

「これは、朧の嘆きなんじゃないのか？」

「…………」

朧は答えない。黙々と櫂を動かし、出口へと向かう。

あっという間にミュージアムショップを通過し、エントランスへとやって来た。天井はいつもよりも近くに見える。水面自体が、高い所為か。

「ずっと蓋をしていたものが溢れたから、こうなってるんじゃないのか？　その切っ掛けが、僕の演奏だったんじゃないのか？」

「…………」

朧はなお答えない。階段からは滝のように水が流れ落ちている。出口に岸はなく、朧は舟をつけるのをやめた。

「蓋をしていたものには、朧の願いが込められていたんじゃないのか？　希望と祈りを一緒に入れ、来るべき日を待っていたんじゃないのか？　経塚に埋められた経筒のように！」

朧の櫂を持つ手が止まる。僕は、捲《まく》し立てるように続けた。

「苦しかったり悲しかったりしたら、教えてくれよ！　そりゃあ、微力過ぎるかもしれないけど、相談くらい乗れるからさ！」

朧はピクリとも動かない。だが、耳だけはこちらに向けられているような気がした。

ケルベロスが心配そうに見上げる中、僕は声を振り絞る。轟音を立てて流れる水に、負けないように。

「だから、勝手に消えようとするなよ！　頼むよ、朧――いや、カロン！」

ドンッと耳をつんざくような音がした。

水が視界を覆う。

階段から鉄砲水が来たのだと理解した頃には、僕は水の中だった。

また、川の中に放り出されたのか。

そう思ったものの、足の裏に木舟の感触はあった。すぐさま、顔が水面から出て、酸素を肺いっぱいに吸う。

腕の中に、固い土の感触がある。とっさのことで、ケルベロスを抱いてしまったらしい。だが、そんな僕の肩を、抱いている者がいた。

「朧……！」

「喋るな。舌を嚙《か》むぞ」

朧は右手で僕の肩を抱き、左手で櫂を操っている。僕達が乗っている木舟は、鉄砲水の流れに乗り、本館の外へと放り出された。

浮世へと強制的に戻れたのかと思いきや、それはぬか喜びだった。あの広い中庭も水で満たされ、大きな池のようになっていた。

門から先は、よく見えない。空は暗幕を被せたように真っ暗で、そこに真っ赤な月だけがぽっかりと浮かんでいた。

いや、あれは月なのだろうか。

あまりにも強烈な暗い赤は、鮮血を浴びせたかのようだった。とても、この世の光景とは思えない。

朧は巧みに木舟を操り、安定した水面へと着水する。水はどす黒く、墓土のような臭いがした。

「ど、どういうことだ。ここって、境界……？」

「いや。冥府の入り口だ」

「冥府の！？」思わず声が裏返る。

「お前が名を暴いたことにより、急速に力が戻ったため、冥府の入り口まで押し流され

た」

朧の声に、喜びはなかった。それどころか、あの淡々とした雰囲気すらなかった。

そっと盗み見るとそこには、目を伏せる彼の姿があった。まるで、悲しみにくれるよ

うな――。

「お前が開けたのは経塚ではない。パンドラの箱だ」

パンドラとは、災いを詰めた箱を開けてしまった女性の名だ。

朧は、たっぷりと間を空けてこう言った。

「全て、思い出した」

「全てって……」

「俺の本来の姿、そして、封じていた想いと願い」

朧の視線は、水面に注がれていた。水かさはあるものの、水面は落ち着いていた。赤い月明かりを頼りにそれを覗き込んだ瞬間、僕は息を呑んだ。

骸骨《がいこつ》。いいや、骨と皮ばかりの黒衣をまとった老人が、そこに立っているではないか。

威厳と禍々《まがまが》しさを放ちながら、僕とケルベロスのすぐ傍に、櫂を持って。

「これ……、うそ、朧……なのか？」

僕は、青年の姿の朧を見つめる。すると、朧は頷いた。

「お前の目の前にいるこれは、まやかしの姿。オルフェウスの容姿が元になっているようだな。本来の姿は、それだ」

朧は、典型的な死神にも似た姿を指し示す。

「恐ろしいだろう？」

僕は、気付いた時には頷いていた。一緒に覗いていたケルベロスも、『キュゥン……』と尻尾を垂らしている。

「お、朧と、オルフェウスはどういう関係なんだ……」

「俺は一度、オルフェウスを舟に乗せたことがある」

朧は、遠い目で語り始める。

それは、遠い昔の物語――。吟遊詩人にして竪琴の奏者たるオルフェウスは、亡き妻を探して死者の国である冥界までやって来たのだという。そして、冥界を治める王であるハデスに、妻を帰してくれるよう乞おうとしたのだ。

「オルフェウスは、俺に音楽を聞かせてくれた。その音色はどんな言葉を並べても表現出来ない。哀しくも美しく、光の射さない場所にいた俺の心にひどく響いた。嘆きの声ばかり聞いて凍りついていた俺の心を溶かしてくれたんだ」

「だから、手を貸そうとした……」

「そうだ」

その後、オルフェウスの願いは冥王ハデスに聞き入れられたものの、冥府から戻る途中でハデスの禁を破ってしまい、妻は結局、冥界に逆戻りとなってしまったそうだ。

「俺は、それを直接見たわけではない。聞いた話だが――」

朧はそこまで言うと、両目を閉ざす。祈るように息を吐き、その続きを口にした。

「俺は、オルフェウスと約束をした」

「約束……？」

「また、竪琴の音色を聞かせて欲しいと。オルフェウスは了承してくれた」

だが、オルフェウスとの再会は叶わなかった。

「あの時は、あんなことが――再び妻を喪《うしな》うことになるとは思っていなかった。あんなことがあった後だ。約束すら忘れている可能性があったが……」

「朧は、ずっと待っていた」

「そうだ……」

オルフェウスが来るのを、毎日のようにやって来る死者を運びながら。

だが、ついに、彼は現れなかった。そうしているうちに、人々の自分達への信仰が失せ、神としての力を失っていき、神としての束縛も薄くなっていった。

「浮世の何処かに、オルフェウスがいるかもしれないと思ったのだろう」

それが、朧が境界を旅することになった、本当の動機か。

オルフェウスの影を求めて、各地を彷徨ったのか。

気が遠くなるくらい、長い年月を。

『クゥン……』

ケルベロスは、朧の手の甲に鼻面を寄せる。朧は、そっとその頭を撫でた。

「いつしか、諦めようと思うようになっていたのだろう。時代の流れとともに薄れゆく自分の名前とともに、思い出に蓋をして、二度と開けないようにしていた」

「だけど、僕の演奏でそれが開いた……」

「少しだけ」

「だから、溢れる前に消えようとした……」

「……………」

朧は沈黙を返す。肯定したも同然だった。

「朧……」

「お前は帰れ。いつまでもここにいるのは良くない」

朧は、有無を言わさず櫂を操り、舟を岸辺につけた。岸もまた、塗り潰したように真っ黒だ。東京国立博物館があった場所を振り返るが、そこもいつの間にか闇に閉ざされていた。

僕とケルベロスは、促されるままに舟から降りる。

「ケルベロス、お前は常世の存在だから、あちらから帰れ」

朧は岸辺の一角を指さす。目を凝らして見てみると、森のようだった。黒い枝葉が闇のように視界を遮り、どんよりとした雰囲気を醸し出している。

『キュウン』

ケルベロスは哀しげに鳴く。

僕には伝わって来た。その恐ろしい森を往くことを恐れているのではなく、朧と離れ離れになることを憂えていることが。

「行け。常世の存在とはいえ、お前も長時間居座るべきではない。お前の飼い主に会えなくなるぞ」

ケルベロスは、口を開けてハッとする。あの武装した埴輪達を思い出したのだろう。

『クゥン』と一声鳴くと、名残惜しそうに森の中へと消えていった。

朧はその背中が見えなくなるまで見送ると、僕の方へと向き直る。

「浮世に戻る道筋はこちらだ。お前は振り返らずに帰れ」

朧が指し示した方向には、洞窟があった。暗闇で満たされた口を、ぽっかりと開けている。その中がどうなっているのか、さっぱり分からない。

「朧は……カロンはどうするんだ」

「俺はここから、あるべき場所へ戻る。お前の前には二度と現れない。安心しろ」

「安心って……！」

「俺は本来、人から恐れられる存在だ。いつまでも、浮世寄りの境界に留《とど》まるべきではない」

朧は視線を落とす。水面には、あの恐ろしい姿が映っていた。

僕の足は思わずすくむ。

だが、そんな臆病な足に鞭《むち》を打ち、朧が指し示した洞窟の方へと走り出した。

ただし、朧の手を取って。

「なっ……！」

「『本来』とか、『べき』とか、そんなのどうでも良いんだ！　僕は、僕は……！」

洞窟の中に入るなり、ごうっと向かい風が吹いて来た。

風の音なのか、それとも亡者の声なのか、オオーンオオーンという嘆くような音が響く。

足元はほとんど見えず、何が落ちているかも分からない。唯一分かるのは、少しだけ上り坂になっているということか。

ごつごつとした道を、ただひたすら、先へと進む。朧の手を、しっかりと握って。

「僕は、朧と別れるのは嫌だ！　ずっと助けて貰いっ放しじゃないか！」

朧の本当の名前は、彼が望むものではなかった。結局、僕は彼に何も出来ていない。

勾配が少しずつ急になっている気がする。道も険しく、何かに躓《つまず》いては、何度も転びそうになった。朧の手はしっかりと握っているはずだが、その感触は心許ない。枯れ木を握っているような気すらしたし、代わりに石でも持っているかのようでもあった。

だが、振り向いている余裕はない。ただ、前へ前へと進みたかった。

「それに、朧がいないなんて寂しいんだよ！　また、博物館で色々教えてくれよ！　今は見られないものの昔話も聞きたいし！」

道の先が明るくなってきた。洞窟が終わるまであと少しだ。握っているはずの朧の手の感触は、もう、完全に失せていた。

返事も無いし、いなくなってしまっただろうか。急にそんな不安に駆られるものの、首を横に振って払う。

あの義理堅くて生真面目な彼が、黙っていなくなるわけがない。

「朧、僕はお前と一緒に帰りたいんだ！」

パッと視界が明るくなる。白く塗り潰されたかと思ったが、それも、一瞬だった。

目の中に飛び込んで来たのは、大きな月だった。ただし、赤くはない。銀色の、満月だった。

月明かりでぼんやりと照らされた空には、よく見れば星々がちりばめられている。その下には、見慣れた噴水と果てしなく広い広場があった。

「上野公園……。戻って、来たのか……？　すっかり、夜だけど……」

「浮世と常世とでは、時差がある。ひどい時では、年単位の誤差を生じる」

淡々とした声が、すぐ隣から聞こえて来た。

「朧！」

それは紛れもなく、あの渡し守だった。オルフェウスの容姿が元になっているという青年の姿で、じっと月を見つめていた。

「良かった！　一緒に戻って来たんだ！」

「連れて来られた――とも言うな」

朧は振り返ろうとしない。ただ、空を見つめている。

僕もまた、そんな横顔を見つめていた。だが、彼の背後に解せないものがあった。

「あーっ！」

「何だ」

「門の外に出られてる！」

僕が指さすのと、朧が背後を振り返るのは、同時だった。そこには、閉館時間になって固く閉ざされた正門があった。

博物館の敷地の外に出られないはずの朧は、今、東京国立博物館の門の外にいた。

「そうか。浮世に出る正規の道を通ったから……」

朧は、珍しく呆けていた。しばらく口を開きっ放しにしていたが、やがて、僕の方を見やる。

「まさか、冥府の渡し守を浮世まで連れて来るとは――」

怒られるだろうか。彼は規則を重んじるようだから、お説教をされるかもしれない。

歯を食いしばって耐えようとした僕だったが、待っていたのは、怒声ではなかった。

「全くお前は、大したものだ」

朧の口元が緩む。その視線は柔らかく、優しいものだった。

僕の表情も、自然と綻ぶ。

彼が神様だろうと、渡し守だろうと、実はおっかない姿だろうと、どうでも良かった。

「浮世の月は美しい。この月を眺めながら、もう少し留まるのも悪くはない」

朧は再び、満月を見上げる。

空には雲一つ見当たらない。ハッキリとした輪郭の月を、僕達はいつまでも眺めていたのであった。

この作品は二〇一八年四月小社より刊行された『水上博物館アケローンの夜』を、加筆・修正のうえ改題したものです。

幻冬舎文庫

●最新刊
コンサバター
大英博物館の天才修復士
一色さゆり

大英博物館の膨大なコレクションを管理する天才修復士、ケント・スギモト。彼のもとには、日々謎めいた美術品が持ち込まれる。実在の美術品にまつわる謎を解く、アート・ミステリー。

●最新刊
ヒトガタさま
相本孝思

使えば太る、呪いの人形。1秒で1グラム、大したことはない。使いすぎなければ大丈夫。だが女子高生の恋心は時に制御不能に陥る。気づけばほら、1キロ、2キロ……。戦慄のノンストップホラー。

●最新刊
ほんとはかわいくないフィンランド
芹澤　桂

気づけばフィンランド人と結婚してヘルシンキで暮らしてた。裸で会議をしたり、どこでもソーセージを食べたり、人前で母乳をあげたり……。「かわいい北欧」の意外な一面に爆笑エッセイ。

●最新刊
才能の正体
坪田信貴

「私には才能がない」は、努力しない人の言い訳。「ビリギャル」を偏差値40UP&難関大学合格させた著者が説く、才能の見つけ方と伸ばし方。学生からビジネスパーソンまで唸らせる驚異のメソッド。

●最新刊
令嬢弁護士桜子
チェリー・カプリース
鳴神響一

ヴァイオリンの恩師がコンサート中に毒殺されるという出来事に遭遇した弁護士の一色桜子。悲嘆にくれる桜子が後日、当番弁護士として接見した男は恩師の事件の被疑者だった。待望の第二弾!!

幻冬舎文庫

●好評既刊
咲ク・ララ・ファミリア
越智月子

62歳になる父から突然聞かされた再婚話を機に、バラバラだった四姉妹が集うことに。互いに秘密を抱える中、再婚相手が現れて……。家族ってやっかい。でも、だから家族は愛おしい。

●好評既刊
じっと手を見る
窪 美澄

富士山を望む町で介護士として働く日奈と海斗。東京に住むデザイナーに惹かれる日奈と、日奈への思いを残したまま後輩と関係を深める海斗。人生のすべてが愛しくなる傑作小説。

●好評既刊
幸福の一部である不幸を抱いて
小手鞠るい

好きになった人に〝たまたま奥さんがいた〟だけの杏子とみずき。二人はとても幸せだった。一通のメール、一夜の情事が彼女たちを狂わせるまでは。恋愛小説家が描く不倫の幸福、そして不幸。

●好評既刊
M 愛すべき人がいて
小松成美

博多から上京したあゆを変えたのは、あるプロデューサーとの出会いだった。やがて愛し合う二人は、〝浜崎あゆみ〟を瞬く間にスターダムに伸し上げる。しかし、それは別れの始まりでもあった。

●好評既刊
わたしたちは銀のフォークと薬を手にして
島本理生

江の島の生しらす、御堂筋のホルモン、自宅での蟹鍋……。OLの知世と年上の椎名さんは、美味しいものを一緒に食べるだけの関係だったが、ある日、彼が抱える秘密を打ち明けられて……。

水上《すいじょう》博物館《はくぶつかん》アケローンの夜《よる》

嘆《なげ》きの川《かわ》の渡《わた》し守《もり》

蒼月海里《あおつきかいり》

令和2年6月15日　初版発行

発行人――石原正康
編集人――高部真人
発行所――株式会社幻冬舎
〒151-0051東京都渋谷区千駄ヶ谷4-9-7
電話　03(5411)6222(営業)
　　　03(5411)6211(編集)
振替00120-8-767643
印刷・製本―株式会社　光邦
装丁者――高橋雅之

幻冬舎文庫

ISBN978-4-344-42986-4　C0193　あ-61-2

幻冬舎ホームページアドレス　https://www.gentosha.co.jp/
この本に関するご意見・ご感想をメールでお寄せいただく場合は、
comment@gentosha.co.jpまで。